華炎の葬奏

硯 朱華

富士見L文庫

目次

【序】

眩しい光が、昔から苦手だった。

明るい場所は、常に深凪ではない誰かがいるべき場所。深凪がその場所に出ることは誰からも求められていない。深凪自身だって、望んでいない。

──光なんて見えない場所で、誰にも顧みられることなく、周囲を満たす闇に沈んでいくかのように、ただただ静かに朽ちていきたかった。

それが櫻木深凪の、ただ唯一の望みだった。

『それでは、今宵の競売、最後の商品です』

そうでありながら今、深凪は己の意思で、まばゆい光の下に歩み出ていく。

『出品者は、櫻木深凪様。出品される商品は、櫻木深凪様御自身』

一歩舞台袖から中央へ向かって踏み出した瞬間、強すぎるスポットライトでクラリと目眩がした。頭の上に綿帽子を被っていなければ、きっとこの時点で深凪は無様にしゃがみ込んでいたことだろう。『雰囲気作りは商品価値の向上に役立ちます』と押し付けられただけの衣装だったが、思わぬ所で役に立ったなと、深凪はぼんやりと、どこか遠くで思う。

――私の『家族』が立っていた世界は、こんな場所だったのでしょうか？

意識の遠い場所で他事を考えながらも、深凪の足は機械的に動き続け、舞台の真ん中を示す印の上で客席に向かい合うように角度を変えた。長く裾を引く赤ふきの白無垢がそんな深凪に纏わりつくように足元に絡まる。織りで桜花模様が描き出された白無垢は、深凪が背負った物を考えれば皮肉なくらい深凪にお誂え向きの代物だ。

――私よりもこの着物の方が、よっぽどこの場で競られるには相応しいのでしょうけれども。

そう思いながらも、深凪は客席があると思わしき方向に向かって顔を上げる。強すぎる光に白く焼けた視界はもはや役には立たない。だが空間に反響する声なきどよめきを聞けば、客の入りは決して悪くはないのだろうということは分かった。

そんな白い闇に向かって顔を上げ、深凪は物心ついてから初めて抱いた意地に奥歯を噛みしめる。

――でも、今だけは、引けない。

『出品者様がお求めの対価は、先日発生した怨霊『黒の御方』の討伐。その他の金品は一切不要。前金として四季咲筆頭櫻木家の最後の生き残りである深凪様の身代を、討伐完遂の暁には櫻木家が保有していた一切の利権を……櫻木の華呪が記された奥義書『華泉』も含めた全てをお譲りするとのことです』

そのざわめきは、こんな時でも冷静な司会者の声を受けてさらに大きくなった。『「黒の御方」って、櫻木家を滅ぼしたっていうあの怨霊？』『いくら生き残りとはいえ「咲かずの櫻」にそんな勝手な真似ができるのか』という声が客席では飛び交っているようだ。その声を聞きながらも、深凪は無言のままただ目の前に広がる白い闇を見つめ続ける。

この場にいるのは、いずれも呪術師……現代においてこの国を陰から牛耳り、また陰から守る、裏の世界に通じた者ばかりだ。やはり深凪の事情は皆が知っている所なのだろう。深凪が呪術界四大大家・櫻木家当主の娘とされていながら『咲かずの櫻』と蔑まれた無能力者であることも。その櫻木家が数日前、深凪を残してたった一匹の、しかも新手の怨霊に壊滅させられたことも。

この場にいる人間は、全部全部、知っている。

――それでも、私の手元に残された価値あるモノは、『櫻木』の家名だけ。

クラリ、クラリと意識が揺れる。光に慣れていない目はいよいよ限界を訴えていた。だというのに客席からはざわめきが届くだけで、入札を申し出ようとする声は聞こえてこない。

――私は……私は、どうしても。

『さぁ、入札をご希望の方は？』

名乗りが上がらないことに焦れたのか、司会者が客席に向かって声をかける。その声にざわめきは引いたが、やはりそれ以外の声は上がらない。

――どうしても、あの方を、討たなければ。

俯けたくなる顔を必死に上げ、目の奥からこめかみへ広がり始めた痛みを振り払い、深凪は必死に顔を上げ続ける。

その時、ふと、目に走る痛みがやわらいだ。

「なぁ、確認なんだが」

同時に、静かなのに空を貫くような、凛とした低い声が、聞こえた。

「その落札条件、本当に金品は一切必要ないんだな？」

一瞬、水を打ったように静まり返った会場が、次の瞬間には弾けたようなざわめきに満たされていた。そのボリュームは先程司会者が深凪の競りについて語った時より余程大きい。

恐らくこのざわめきを起こしているのは、場に招かれざる客であるのだろう。長年、どこにいてもこのざわめきの中に置かれていた深凪にはそれが分かる。

嫌悪、恐怖、見たくないモノを見てしまった時。大衆というものはこういう声でざわめくものだ。

「『黒の御方』を討伐した者が、櫻木の全てを手に入れる。そういう解釈で間違いはないんだな？」

『間違いありません』

そんな声の主に対しても、司会者は冷静さを失わなかった。淡々と答えた司会者は、さらに同じ声音で問いの主へ言葉を向ける。

『わたくしどもは貴方様をこの場に招いた覚えはございませんが、商品が捌けないのは我らにとっては体裁が悪い。入札に立候補されますか、錦野の御当主様』

錦野。

四大大家四季咲の一角に名を連ねながら、『術師殺し』の一族として呪術界から畏怖され、嫌厭される一族。命を与えることを領分とする櫻木とは対極にある、命を刈り取ることを領分とする一派。

その家名に、会場はさらにざわめきを大きくする。

だが呼びかけられた当人は、そんなことには興味がないようだった。

「ああ」

不意にフッと深凪の視界が陰った。白い闇が払われて、久し振りに深凪の視界が色を取り戻す。

──紅。

深凪と世界を切り取るかのように、紅の打掛が翻っていた。目の前にどこからともなく降り立った人物が姿を隠すかのように頭から打掛を被いているのだと気付いた時には、深凪の視線はその人物に捕らわれてしまっている。

「名乗りを上げさせてもらおうか」

整っていることよりも先に冷たさを感じさせる美貌を備えた、深凪より数歳年上……二十代前半かと思われる歳頃の男だった。現代においても呪術師は和装を基本としているはずなのに、目の前の青年は表に見える部分こそ着流しを着ているように見せかけているが、打掛に隠された襟元や足元からはパーカーのフードとラフなカーゴパンツが顔を見せている。

表に見せている打掛と着流しはこの場に入り込むための擬態で、本当はそこにまったく価値なんて見出していないと断じているかのような。

装いを見ただけでその型破りな気性が分かってしまう異様な出で立ちを、彼はこの場で堂々としていた。

だが深凪の視線を奪ったのは、冷たく整った顔立ちでもなければ、常識破りな服装でもない。

……まるで、彼岸花のような。

『血のような』と喩えるには深く澄んでいて、『ルビーのような』と喩えるには生気に溢れている、深く深く吸い込まれてしまいそうな、鮮烈な緋色。

そんな色を湛えた瞳が、真っ直ぐに深凪を見据えていた。

――なんて、きれい。

「櫻木深凪。お前が俺の手を取れると言うならば」

散り際に命を燃やす紅葉の打掛。生命を弾けさせたかのような柘榴(ザクロ)の髪。彼岸と此岸(しがん)を分ける華炎(かえん)の瞳。

命が燃え立つ秋の色彩を身に纏った青年は、その赤の中からフワリと深凪に手を差し伸べた。

「お前のその覚悟に敬意を表して、錦野当主たるこの俺、錦野祀鶴(しづる)がお前を買ってやる」

【壱】

物心ついた時から、世界に深凪の居場所なんてなかった。

「櫻木さん、今週末誕生日なんですよね？」

同じ名字が聞こえてきても、決して自分が呼ばれているわけではない。

そう分かっていながら反射的に顔を上げてしまったのは、向かおうとしていた先から華やかな声が聞こえてきたからだった。

「おめでとうございます、櫻木さん」

「でも大丈夫なの？　櫻木本家で開かれる宴に、私達まで招待してもらっちゃって」

「何言ってるのよ。澪達はわたくしの友達じゃない！」

その中心から聞こえてくる声に深凪は反射的に体を強張らせた。

放課後の廊下を、深凪は昇降口に向かって歩いている所だった。人の流れに従うように廊下の端を進んでいた深凪に注目する人間は誰もいない。ただビクリと反射的に足を止めた深凪を、後ろを歩いていた生徒が迷惑そうな顔をしながら避けていく。

「大丈夫、大丈夫！　宴の主役はわたくしなのよ？　お父様にお願いすれば、特等席だって用意できちゃうんだから！」

華やかな声は、昇降口の手前辺りから聞こえた。

恐る恐る声の方を見やれば、一際華やかな一団が目に入る。同じ制服に身を包んだ女子生徒の集団が装い以上に華やかに深凪の目に映るのは、深凪が彼女達の身の上をよく知っているせいだからなのだろうか。それとも元より彼女達の見目が整っていて、深凪でなくても彼女達の姿には華やぎを感じるものなのだろうか。

「格式張った宴なんてつまらないだけだもの。澪達がいてくれた方がわたくし、ずっといいわ」

――華織(かおり)様。

光の反射を受けると藍色がかって見える艶(あで)やかな黒髪。その不思議な色彩がこの上なく映える可憐(かれん)な顔立ち。遠目で分かりにくいが、瞳は深い藍色であることを深凪は知っている。

櫻木派の重鎮の娘達が顔を揃(そろ)えた一団の中心に立つ一際華やかな少女の姿に、深凪は思わずキュッと制服の胸元を握りしめた。伸びるに任せた長い前髪が深凪の視界を遮るかのように前へ零(こぼ)れ落(お)ちる。同時に足は逃げを打つかのように後ろへ下がっていた。

そんな深凪の足音が聞こえたかのように、不意に華織が深凪の方を振り返る。ハーフアップに結われた独特の艶を帯びた髪がサラリと揺れた。どうか見つかりませんようにという儚い願いは、華織の藍色の瞳と視線が合った瞬間脆くも崩れ去る。

一瞬、不快なモノを見たかのように華織の表情が歪んだ。

だがそれは、本当に一瞬のこと。

「お義姉様、ご機嫌よう」

周囲の取り巻きに気付かれるよりも早く華やかな顔立ちに愛らしく傲慢な笑みを広げた華織は、廊下を突き抜けるように通る声で深凪に挨拶を投げかけた。誰もが耳目を引かれずにはいられない澄んだよく通る声は、その力で背景に埋もれていた深凪の存在までをも衆目の面前に引きずり出す。

「今お帰りでしたの？　お義姉様のお迎えの車が見当たらなかったから、てっきり先に帰られたのかと思いましたわ」

周囲の視線が華織と深凪に集まる中、華織は愛らしく小首を傾げた。そんな華織の言葉に華織の周囲を取り巻く少女達がクスクスとあからさまな嘲笑をこぼす。

「っ……」

──私に迎えの車なんて来ないことは、この場にいる誰もが分かっていらっしゃることでしょうに。

そうやって実際に声に出して言えてしまえば良いのに、今日も深凪の喉は引き攣れたまま声を発してはくれない。

「あら、あなた、櫻木様のお言葉を無視するつもり？」

「ほぉんと、失礼な女」

　ここは呪術師達を育成する学び舎、千華学園。

　学園の実態を誤魔化すために一般人も入学が許されている大学部に対し、幼稚舎から高等部までは呪術に関わりがある家に生まれた者しか入学が許されていない場所だ。この場にいる人間は、生徒から教師まで全員、どっぷり呪術の世界に浸かって生きている。

　つまりここにいる誰もが、深凪が『咲かずの櫻』と蔑まれる無能力者でありながら、この学校に在席していることを、知っている。

　深凪が華織に反論したくても決して反論できないことを、そもそも反論することなど許されるはずがないことを、誰もが知っていながら、誰もが深凪の味方などしない。

「こんなに失礼で厚かましい女ですもの。華織様のお車に同乗したくて、わざとこのタイミングを狙ってノコノコと現れたのではなぁい？」

「まぁ、さすがは『咲かずの櫻』。櫻木の血を引かないくせに櫻木の中心に堂々と居座っていられるだけのことはありますね」

　それを示すかのように、華織を取り巻いた少女達が言葉を続ける。そしてこの場にいる誰もが彼女達と同意見で、深凪に味方しようという人間などいないことが、しんと冷え切った空気で分かった。

──そんなこと、考えてもいないのに。それを誰もが、分かっていらっしゃるはずなのに。

その冷たさを感じ取った深凪は、胸元を握りしめた手に力を込めた。長年虐げられてきたせいで骨身にまで染み込んだ恐怖と、そこから生まれる諦観が、深凪の体中を締め上げているような気がして、余計に喉から声が遠のいていく。

──たったの一言も、反論を口に出せないなんて……

まるで呪いで声を奪われたようだと思う。

そう、呪い。

呪術。怨霊。妖怪。呪術師。

科学が発展し、何もかもが科学で説明されるようになった現代には縁遠い言葉。『迷信』と切って捨てられるようになって久しいそれらは、すでにこの世界から絶滅したものとして扱われている。

だが、それらの世界は消えていない。

ヒトが存在する限りその負の念から怨霊は生まれ、怨霊は生きるモノに害を為す。害為すモノがあれば、それを祓うモノは必要とされ、また後々まで存在していく。表側から裏の世界へ身を引いただけで、呪術師達ははるか古から変わらずその技を次代へ伝えてきた。

――それこそ、まるで、呪いのように。

そんな言葉が脳裏に浮かんだ深凪は、キュッと唇を引き結んで顔を俯（うつむ）けた。艶を失ったバサバサの黒髪がさらに深凪を隠すかのように前へ落ちる。

――この学校自体が、怨霊を産むための箱のよう。

呪術界を治める皇（すめらぎ）たる宵宮（よいみや）家を頂点に、四季咲（しきざき）と呼ばれる四大呪術家とそれぞれの流派に属する呪術家系によって形成された呪術界はひどく閉鎖的な世界だ。ただでさえ呪術師の家の生まれの者以外には門戸を開いていない上に、呪術師の家系に生まれていても呪術師としての才がなければ『人』として認めてはもらえない。

深凪がそうであるように。

「華織様、こんなつまらない人間に構っているだけ時間の無駄よ」

「そうですよ、櫻木さん。さぁさぁ、もう行きましょう？」

四季咲が一角にして筆頭、櫻木家の娘。

同じ肩書きを持った同年の義姉妹でありながら、妹の華織は当主の実の娘で優秀な術者。

対して姉である深凪は、櫻木家の下働きであった実母が当主夫婦と懇意だった縁から、実母の死後、櫻木家当主の養子として貰（もら）われた無能力者だ。

深凪の実母である花宮翡翠（はなみやひすい）は、深凪が物心つく前に亡くなってしまっている。父親は不明ということだ。

だからなぜ深凪が近しい血縁でもない櫻木本家に迎え入れられたのか、深凪はその真意を知らない。『花宮翡翠は櫻木の御当主の愛人だったのではないか』『櫻木派の中でも優秀な術師であった花宮翡翠の才能が娘に引き継がれていることを期待したのではないか』という噂(うわさ)は耳にしたことがあるが、それが真実であるのかどうかも深凪には分からない。ただ櫻木派の末端であった母の実家がすでに断絶してしまっていること、父親は不明という話だけは本当らしいから、深凪に身寄りがないことだけは確かなことなのだろう。

——お母様の代わりに、私が死ねば良かったのだわ。

『櫻木本家の娘』という肩書きを持っていながらも、深凪がそのように遇されたことは一度もなかった。物心ついた頃から深凪は邪魔な置物のような存在で、仕方がないから養ってやっている、という態度を櫻木本家の人間は隠そうとしていなかった。最低限の衣食住を保証され、『仮にも櫻木を名乗る人間に学がないのは恥』という理由で学校に通わせてもらっている。それだけでも十分恵まれた環境にいるのだろうと、深凪は思っている。たとえその対価が、果てしなく続くいわれない謗(そし)りと、無限に続く労働であったとしても。

——そうすればきっと、世界はもっとうまく回っていったのでしょうに。

優秀な術師であったという母。身重の状態で櫻木本家に雇い入れてもらえたくらいには、櫻木本家に必要とされ、愛されていた母。

きっと無能力者で愛されていない深凪が生きているよりも、母が生きていた方がずっとずっと世界にとっては良かったに違いない。

体を硬くして、華織の言葉にじっと耐える。そうしていれば嵐は去っていく。

反論なんて口にしてしまった日には、この場で物理的に、呪術的にいたぶられるだけ。

深凪にできることは、ただひたすらに耐えて、耐えて、壊れて消える日まで耐え続けることだけ。

──そのことにも、もう、何も感じられなくなってしまった。

いつもと同じように俯いてギュッと体を硬くしている間に、深凪に飽きた一行はさっさと外へ出ていってしまった。華織達の一団がいなくなれば、周囲の視線も徐々に深凪から散っていく。

次に深凪がソロリと顔を上げた時、深凪に構う人間はもう誰もいなくなっていた。そのことにホッと息をつき、深凪は靴を履き替えて帰路につく。

呪術師の家系は、どこも由緒が正しく、政財界との縁が深い。表向きの肩書きとして大財閥や大企業を名乗っている家も多い。

神道系の宗教学校と表書きを偽っている千華学園だが、世間から見ればここは良家の子息令嬢が通う学校だ。そんな学校に通う生徒は自家用車での送迎を当たり前としている人間も多く、専用ロータリーの前にはピカピカに磨き抜かれた車が何台も並んでいた。

深凪はそんな車列に視線を向けることもなく己の足で校門を抜けると、櫻木本家を目指して歩き始める。学園と櫻木本家の屋敷(やしき)は、深凪の足で歩いておおよそ四十分といった距離だ。定期代を出してもらえたかどうか怪しい己の立場を考えると、電車やバスが必要な距離ではなくて良かったなと深凪は思っている。

——帰りたくもないけれども。

深凪はふと髪を吹き乱す風に足を止めた。突然吹き荒れた強風に煽(あお)られ、まだ散るはずではなかった葉がヒラヒラと深凪の上に降りかかる。青みがあせ、中途半端に茶がかった葉は、秋が深まる足音を深凪に教えてくれた。

——他に帰れる場所もない。

流されるがまま、惰性で生きている。死を願っていながら、今更自主的に死を選ぶのも億劫(おっくう)だった。もっとより良く生きることができる場所へ飛び出していこうという考えもなければ、積極的に己の境遇を変えたいと動くこともない。

まるで落ちかかってきたこの葉っぱのようだとどこか遠い場所で考えながら、深凪は淡々と歩む足を進め始めた。

惰性でも歩き続けていれば、いずれ櫻木の屋敷には到着する。表の門は警護のために結界が張ってあるせいで無能力者の深凪では開けられないのだが、数多(あまた)抱える使用人の中には呪術師の家系出身ではない者もいるから、裏口は結界での警備はされていない。使用人の数が多すぎて合鍵を作るのもセキュリティ上問題があるそうで、裏口の鍵は決まった手順で細工を動かすと錠が外れる特殊な扉が使われている。

深凪は使用人の手元を盗み見て覚えた解錠手続きで裏口の扉を開くと、スルリと中に入り込んだ。そのまま外周を囲む塀沿いに進み、母屋の端に置かれた自分の部屋を目指す。

裏口から入ると玄関が一番遠くなる上に、誰からも疎まれている深凪は堂々と玄関から屋敷に入ることを許されていない。かと言って裏口から一番近い使用人用の出入口から入るのも、使用人達の邪魔になるので眉を潜められる。

深凪に残された手段は、母屋の裏手の縁側から直接母屋に入るという、あまり褒められたものではないルートだった。櫻木家の人間は、住人から使用人まで恐らくほとんどの人間が深凪の横着を知っているが、深凪は直接このことを咎められたことはない。誰もが見て見ぬ振りをするから、普段ならば部屋に入り込むまでは何とか人目につかずに移動できる。

「深凪さん？　随分帰宅が遅いんじゃなくって？」

だというのに今日はなぜか、よりにもよって一番見つかりたくない人物に、一番見つかりたくない場所で見つかってしまった。

「……碧様」

そろそろ深凪が帰ってくるだろうと分かっている時間に、わざわざこの縁側に立ちはだかっていたのは、深凪の義母だった。

櫻木碧。櫻木本家当主の妻にして、華織の産みの親。

「どこで油を売っていたの。そうやってお屋敷での仕事をサボるつもりだったのでしょう！　この恩知らずっ！」

柳眉をキリキリと吊り上げた義母は金切り声で叫んだ。その声に深凪の体は条件反射で凍り付く。

今日の碧はどうやら機嫌が悪いようだった。恐らく深凪に当たり散らすためにわざわざここで待ち構えていたのだろう。縁側から降りてまで深凪を叩きに来ないのは、足袋が汚れることを厭ってのことだろうか。それとも深凪が立つ地面と同じ地面に立ちたくないからなのだろうか。

「母親も恥知らずなら、娘のお前も恥知らずねっ！　華織さんはもう随分前に帰ってきたというのにっ！　どこをほっつき歩いてきたのよっ！」

——華織様はお車での帰宅、私は徒歩だと、ご存じのはずなのに。

そう心の中では呟けても、やはり華織に相対した時と同じように、喉も体も凍り付いてしまって内心の呟きを声に出すことはできなかった。

深凪にできることは、俯いて体を縮こまらせることだけ。その唯一の防衛手段にさえ、碧がキリキリと眉を吊り上げて怒りを露わにしていることが分かる。それでもこの嵐をやり過ごすためにはこうするしかない。

――それでも、昔はまだ、違ったのに。

頭上から叩き付けられる罵詈雑言は、華織が口にする言葉と似ているようで、少しだけ響きが違う。

碧が口にする嘲りの言葉は、深凪に向けたものだけではなく、母を貶す響きを常に帯びている。自分が誹られることについては何とも思わない深凪だが、母を誹られる響きはいつも深凪のあるかないかの心をサリサリと削っていくような気がした。

――お母様と碧様は、御親友であられたと。

そう深凪に教えてくれたのは、はるか昔の碧自身だった。

何の時だったかは、忘れてしまった。それでもふと、憑き物が落ちたかのように穏やかになった碧が、ポツリ、ポツリと深凪の母との思い出を語ってくれたことがある。ここ数年はそんなこともパタリとなくなったが、幼い頃は年に数回くらい、そんな瞬間があった。

そんな碧の言葉がなかったら、深凪は実母のことを知らないままだった。深凪を傷付ける存在でありながら、碧は確かに深凪と実母の縁を取り持ってくれた存在だった。

「何とか言ったらどうなのっ！　いつもお前は私の言葉を無視してっ！」

「っ、それ、は」

「反論するつもりっ!?　無能力者のお前をわざわざ養ってやっているのは誰だと思ってい

るのよっ!?」

　だから、振りかざされる言葉のほぼ全てが暴力であっても、深凪は碧の言葉から逃げ出すことができない。

　――碧様の中にあった思い出を歪(ゆが)めてしまうくらい、私の存在は忌まわしいものなのでしょうか？

　自分が、いなければ。

　自分さえいなければ、碧と母は、今でも美しい親友関係でいられたのだろうか。

　こんな風に碧が美しい顔を歪めて、喉を傷めそうなくらい金切り声を張り上げることもなく。この美しい屋敷に剣呑(けんのん)な空気を生み出すこともなく。ただただ世界は穏やかに回り続けたのだろうか。

　――やはり、私は……

「碧、そこまでにしなさい」

　胸中で呟き続けた言葉が、また今もコロリと転がる。

　そんな中、言葉の暴風を止めたのは、屋敷の奥から聞こえてきた低い声だった。深凪が顔を上げないまま体を縮こまらせる代わりに碧がハッと顔を上げる。

「あなた」

「表までお前の声が聞こえてきている。宴(うたげ)の打ち合わせに関係者が来ているんだ。外聞が悪いことはやめなさい」

激昂（げきこう）している碧をこんな風に諫（いさ）められる人間など、この家に一人しかいない。

櫻木本家当主、櫻木咲夜（さくや）。碧の夫で華織の父、深凪から見れば義父にあたる人物だ。

「だって……！」

「表に待たせた人間達が、お前の意見を求めている。やはり私のような無骨な男の意見よりも、華やかさが分かるお前の意見が欲しいらしい」

底に冷たさを感じさせる声音ながらも柔らかな口調で咲夜は碧に言葉をかけた。その柔らかさと自尊心を擽（くすぐ）られる言葉に溜飲（りゅういん）が下がったのか、碧がひとまず口をつぐむ。

「深凪に何か用事を言いつけたかったからここで待っていたのだろう？　さっさと片付けて表に戻ろうじゃないか」

「……そうね」

碧は不満げながらも咲夜に同意を返し、懐から紙の束を抜いた。その紙束を己の足元に叩き付け、碧はキッと深凪を睨（にら）み付ける。

「深凪さん、明後日（あさって）、華織さんのための宴がこの屋敷で開かれることは知っていますね？」

「……はい」

「その間に深凪さんがやっておくべきことを纏（まと）めておきました。当日はここに書かれた用向きをきちんと片付けるように」

碧は吐き捨てるように言い放つとクルリと身を翻した。そっと顔を上げてその後ろ姿を追えば、咲夜の後を追うようにして廊下の闇に溶けて消えていく翡翠色の着物の後ろ姿が見える。

そっと視線を下げて二人の気配が完全に消えるのを待っていた深凪は、周囲から人気が消えた後、さらに数回呼吸を数えてから顔を上げた。

ノロノロと縁側に近付き、そこに残された紙束を拾い上げ、列挙された用事に目を通す。わざわざ出向くべき日付と時間帯が指定された用向きのリストは、宴の当日分かりやすく深凪を屋敷から遠ざけるために用意されたものなのだろうと一目見ただけで分かった。

──良かった。

宴の当日、屋敷にいなくて良いならば、逆に深凪にとってはありがたい。宴席で使用人に交じって給仕をしろと言われるよりもずっと気分が楽だ。一日中用向きを片付けるために歩き続けることになるだろうが、櫻木派の重鎮が集まる中に引き出され、言葉と拳の暴力にさらされるよりはずっといい。

──御当主様の前にいなくて良いのも、正直気楽で助かります。

結果だけを見れば深凪を助けたようにも見える咲夜だが、別に咲夜は深凪を助けに現れたわけではなく、本当に碧を呼びに来ただけなのだろう。深凪の扱いに無関心な咲夜にとって、深凪は情けをかけるべき存在ではないのだから。

——御当主様が執着しているのは、あくまで今は亡きお母様。

咲夜はどうやら、年々母に似てきているという深凪の面立ちに亡き母の姿を重ねて見ているらしい。深凪自身を見ていないと確信できるのに絡みついてくるかのような執着の視線は、碧や華織とは違う意味で深凪の身を凍り付かせる。

碧と華織の言葉でこれが勘違いでないことは証明されているし、年々碧の当たりが強くなってきているのも恐らくそのせいなのだろうと予測はできている。

恐らく咲夜が母に一方ならぬ想(おも)いを懐(いだ)いていたというのは事実なのだろう。深凪は櫻木家の特徴である藍色の艶を帯びた黒髪も藍色の瞳も持っていないから、咲夜の想いは届かず、母は咲夜以外の誰かとの間に深凪を儲(もう)けたというのもまた事実なのだろうが。

——宴は明後日の日曜日。

深凪はホッと息をつきながら縁側に上がると、脱いだローファーを片手に静かに廊下を進んだ。この縁側からほど近い、一日中日が入らない北側の物置小屋が深凪に与えられた個室だ。

誰にも気付かれないように自室に入った深凪は、出入口の横に敷かれた新聞紙の上にそっとローファーを置くとそのままズルズルと座り込んだ。本来ならば早く着替えて使用人の手伝いをしに行くべきなのだろうが、何だかいつもより疲れてしまってすぐに動き出せそうにない。

――表に宴の関係者が来ているならば、むしろしばらく部屋にこもっていた方が怒られないで済むのでしょうか？

怒声も罵声も日常茶飯事だが、浴びないに越したことはない。もはや何も感じることはないけれど、ただ静かに呼吸をしていられるならその方がいい。

――あぁ。

壁に背中を預け、深凪は静かに瞼を閉じた。

――私はこの呼吸を、いつになったら止められるのでしょうか？

闇の中に願うのは、たったひとつの、望みと言うには細やかすぎて暗すぎる、甘い甘い言葉だった。

◆　◆　◆

宴の当日の日曜日、深凪が派遣された先は主に百貨店や呉服屋といった商店だった。華織のために仕立てられた品々の受け取りが主な内容だったが、受け取りと言っても出来上がってきた品を確認し、問題がなければ配送を頼むだけの簡単な仕事だ。

日々深凪を罵り、無報酬で使用人同然に働かせている櫻木家だが、表の世界で『公家の血を引く由緒正しき拝み屋』と認知されているためか、櫻木家は四季咲の中でも特に世間体を気にしている。呪術界に身を置く人間の目しかない場所ならばいざ知らず、一般人の目にも留まる場所であからさまに深凪を虐げてくることはほとんどない。

——むしろ、確認役が私などで良かったのでしょうか？

櫻木本家で暮らしてきた深凪だが、良い物に触れる機会はほとんどなかった。『高級品』や『一流品』と呼ばれる品は、いつだって深凪以外の『櫻木本家』の物だ。遠い場所で手に取られる様を眺めているだけで、深凪が実際にそれらを手に取ったことなどほとんどない。普段は確認用に目の肥えた使用人が派遣されているはずだから、今日は本当に深凪を屋敷から遠ざけるためだけに深凪が抜擢されたのだろう。

——いつも取引しているお店ばかりのようだから、粗悪品を掴まされることはないとは思うのだけれども。

一瞬『お屋敷に届けられた品が碧や華織が意図した物と違っていたら叱責を受けるのだろうか』という考えが深凪の脳裏によぎる。だがそんなことを思ったのは本当に一瞬だけで、次の歩を進めた時にはそんな考えもぼんやりと霞む意識の向こうに呑まれていた。

——お屋敷の宴は、そろそろ終わったのでしょうか？

周囲はすでにうっすらと闇に包まれている。秋の夕日はせっかちだ。恐らく深凪が屋敷に辿り着く頃にはこの残照もすっかり消えてしまうことだろう。

宴の式次第を深凪は知らない。お開きがいつになるかは知らないが、昼前から開かれている宴もそろそろ一区切りついた頃だろう。そうでなくても、周囲のこの暗がりは深凪の姿を隠してくれる。夜陰に紛れて行動すれば、表側にいる人間に深凪が見つかることはほぼないだろう。厨房(ちゅうぼう)に寄って余り物の食事をくすねてくることも、もしかしたら許されるかもしれない。

そんなことをぼんやりと考えながら、深凪はいつも通りに歩を進め、屋敷の裏口がある通りに足を踏み入れる。

周囲の異変に気付いたのは、その通りをしばらく進んでからだった。

──暗い？

深凪は夜目が利く。それに加えて先を見通せない闇の中でも視覚以外を頼りに足を進めることは得意だった。長年暗い屋敷の奥で息を潜めるようにして生きてきたせいなのだが、この特技は暗い夜道を歩く時に役に立つ。

そのせいで気付くのが遅れたのだが、今深凪が歩を進める通りはいつになく闇が濃く、しんと静まり返っていた。

深凪は足を止めて周囲を見回す。やはり、これはおかしい。

──静かすぎる。

「……っ！」

どれだけ罵倒されても、どれだけ手酷くぶたれてもいつも通り脈を刻み続けていた深凪の心臓が、ドクドクドクと激しく暴れていた。それに合わせて呼吸も浅く、早くなっていく。

いつもどこか遠くに突き放していた感情が、いつになく深凪の意識に近い。

ほぼ初めて味わうこの感情は、きっと『不安』や『恐怖』と呼ばれる代物だ。

——お屋敷で、何かがあった。

このまま踵を返して逃げ出すことができれば、深凪はこの恐怖と向き合わなくて済む。安全な場所で、誰かにすがって、櫻木のお屋敷で何かがあったのだと訴えれば、深凪は安全な場所にいられる。

——でも、それは、どこ？

深凪の帰る場所は、櫻木のお屋敷しかない。そこがどれだけ居心地が悪い場所でも、誰にも『お帰りなさい』と言ってもらえなくても、深凪がそこを家だと思えなくても。……深凪は、この屋敷に帰るしかない。

「…………」

深凪は震える両手を胸の前で組むと、ソロリ、ソロリと足を前に進め始めた。櫻木家使用人のお仕着せである一つ紋の藍無地の着物が足元に絡まって今にも転んでしまいそうだ。さっきまではこのお仕着せだけでは肌寒いと思っていたはずなのに、今は背中がじんわりと汗ばんでいる。

――今日の用向きのためだけに貸し付けられた物なのだから、きちんと綺麗(きれい)なまま返さなければならないのに。

そんな今はどうでもいいはずであることが頭の中をよぎるのは、この現状を直視したくないせいなのか。

深凪はいつも以上にゆっくりと歩を進めると、見慣れた裏口の前に立った。やはり裏口の扉を照らす照明も死んでいる。

頼りない月明かりと己の手の感触だけで錠を外し、深凪は使い慣れた裏口から屋敷(やしき)の中へ入った。屋敷の中は、外以上に闇が蔓延(はびこ)っている。それでも震える手を握りしめて、深凪は母屋に向かって歩を進めた。

「…………」

裏口の目隠しのためにしつらえられた木立から抜け出し、母屋が見えるはずである場所に立った深凪は、俯(うつむ)いたまま足を止める。心臓はもはや張り裂けそうな勢いで鼓動を刻んでいた。グッショリと背中を濡(ぬ)らす汗が気持ち悪い。

何もかもがきっと、劇的に変わってしまっている。見なくて済むならば、見たくはない。

それでもこの場には深凪しかいない。誰も深凪の耳目の代わりは務めてくれない。

だから深凪は覚悟を決めて、ソロリと顔を上げる。

「……っ！」

そしてそのまま、呼吸を忘れた。

ただ、こんな時でも感情が乗らない声が、ポロリと唇からこぼれ落ちていく。

「どう、して……」

そこに歴史と風格を感じさせる屋敷はなかった。

あるのはただの瓦礫の山。それ以上でも以下でもない。見通しが良くなったおかげなのか、屋敷裏を歩いていた時よりも若干視界は明るかった。微かな煙が漂う月明かりの下、瓦礫の山と、崩れた庭と、所々枝が折れた姿が痛々しい庭木が見て取れる。

「な、んで……！」

無意識のうちに深凪は一歩前へ踏み出していた。最初の一歩が無意識にでも出れば、二歩目は勝手についてくる。

そのまま深凪は変わり果てた櫻木の屋敷の中へ踏み出した。

「一体、何が……」

深凪がいつもひっそりと出入りに使っていた縁側も。本家の人間が暮らしていた母屋も。宴に使われていたのであろう広大な表側の建物も。何もかもが、元が何であったのか判別がつかないくらい、グチャグチャになっていた。漂う臭いの中には、明らかに人の死を思わせる類のものも含まれている。物が焼ける焦げ臭いにおいよりも、直接的に人の死を連想させる血臭や死臭の方が強い。

火事で焼け落ちた、といった雰囲気ではなかった。そうであったならば今この屋敷がこんなに静まり返っているはずがない。世間が異常に気付き、警察や消防に通報したはずだ。

「か、華織様……！」

ならば、何が起きたのか。

——呪術師の、もしくは怨霊の襲撃を受けた？　櫻木本家が？

「碧様！」

無能力者といえども、深凪だって生まれてからずっと呪術界の重鎮たる櫻木本家で生きてきた人間だ。呪術を生業とする家だからこそ降りかかる災禍について、深凪も知識だけは持っている。

「御当主様っ！」

呪術師の屋敷が、たった一日で壊滅に追いやられた。それだけのことが起きたというのに、周囲が騒ぎ立てる気配はない。

これは常人ならば決して遭遇するはずがない災禍。裏の世界に生きる人間同士、あるいは裏の世界に存在するモノ同士による潰し合い。

「誰か……！　誰かいたら、返事をしてください……っ！」

櫻木家は、潰されたのだ。

櫻木家に恨みを持つ呪術師による襲撃なのか。あるいは怨霊や妖怪といった類のものがこの屋敷を襲ったのか。深凪が才を持つ呪術師であればこの場に残された力の軌跡を辿って判断することができるだろうが、無能力者で力の流れさえ読めない深凪ではそこを判別することはできない。

——どうして？　今日はこの屋敷に櫻木派の重鎮が揃っていたはず。その呪術師達を以ってしてでも、この襲撃を退けられなかったというの？

櫻木の血族から使用人、宴の席にいただろう関係者の名前まで、思いつく限りの名前を叫んで歩きながらも、深凪の胸の内には答えが出ない疑問ばかりが溢れていた。

——警備だって万全だったはず。それが、どうしてこんな……！

呪術界を牛耳る四季咲の中でも櫻木家は筆頭にして最大の権力者だ。その力は呪術界の君主たる宵宮家を凌ぐとも言われている。派閥としても最大規模で、優秀な術者が何人も属していたはずだ。その中でも今日の宴に列席を許された人間は選りすぐりの術者であったはず。宴の席にはいなくても、警備として駆り出されていた術者だって何人もいたはずだ。

無能力者である深凪でさえ、今日のこの屋敷がどれほど難攻不落であったかは想像に難くない。

だというのに、この屋敷は落ちた。

そして今、この屋敷に人の気配が残っていないということは、櫻木派の全滅を意味していると言ってもいい。

「誰か……誰か……っ！」

細い声を張り上げ続けても、深凪の声に応える声は聞こえてこなかった。瓦礫が動く音も、風の音さえも聞こえてこない。

「誰でもいいから、返事をしてください……っ！」

ついに表門まで行き着いてしまった深凪は、ピッチリと閉じられた門を前に膝から地面にくずおれた。こんなに屋敷が木っ端微塵になっているのに土地の境界を示す塀と門扉には傷ひとつない。その光景がさらにこの状況の異質さを際立たせているような気がした。

――どうすれば。

衝撃に占拠されてしまっているのか、頭が回らない。ただただ驚きが強くて、他の感情が湧いてこなかった。

怒りも、悲しみも。己を虐げてきた何もかもが消えたことに対する喜びも。とにかく衝撃に頭を埋め尽くされている今は、何も感じることができない。

――どうすれば。

ただその言葉だけが、壊れそうな胸の内にポロポロと落ちていく。

恐らく、櫻木家の生き残りは深凪だけだ。他に生き残りがいたならば、屋敷の惨状が放置されたままになっているはずがない。櫻木の派閥を支えていた家も軒並み壊滅しているだろう。最大派閥である分、所属している術師の頭数は多いはずだから完全消滅ということはないはずだ。だが中心部がゴッソリ抜けてしまった櫻木派は機能を停止したと考えた方がいい。

深凪が帰る家は、ここだけだった。居心地が良くもなければ、帰宅を望まれているわけでもなかったけれど。深凪の帰るべき場所は、ここしかなかった。

その家は、もうない。何も、誰も、なくなってしまった。

放り出された深凪には、歩むべき道も、進むべき足もない。

「どう、すれば……」

ついに心の内だけでは留まりきらなくなった言葉が、ポツリと深凪の唇から溢れた。

その瞬間、だった。

「……っ!?」

停滞していた空気が前触れもなくザワリと揺れる。深凪の背後で急に巻き上がった強風は今宵の空気を凍て付かせる冷気を帯びていた。それでいながらその風はジワリと不快な湿り気を帯びている。

触れる全てを腐らせ落とすかのような、生者とは相容れない風。

霊や妖怪を視る『見鬼の瞳』を持たない無能力者である深凪でも分かる。

この凪を巻き起こしているのは、怨霊……人の負の念より生まれ、生者に仇なす妄念の塊であると。

「……っ」

動きが鈍い体を無理やり動かし、深凪は背後を振り返る。そんな深凪の視界は月影が遮られ、漆黒の闇に塗り潰されていた。その闇の中を深凪の目には映らない何かが暴れ回っているのが気配で分かる。

——こ、れ、だ。

喉が引き攣る。ブワリと全身に冷や汗が浮くのが分かった。逃げなくてはと分かっているのに、深凪の体は後ろを振り返ったままストンと腰を落としてしまい、そこから動き出す気配を見せない。

——これが、お屋敷の皆様を、殺したんだ。

怨霊や妖怪は、ある一定以上の力を持つと力を持たない徒人の瞳にも映るようになる。怨霊や妖怪が徒人の目に映る『災厄』に成長してしまう前に狩ることが呪術師の使命のひとつだ。

今深凪の前にいる怨霊は、まさしくその『災厄』だった。深凪はその『災厄』に捕捉されてしまっている。

——櫻木派を壊滅させた怨霊。……そんなの、私じゃどうしようもない。

ヒッ、ヒッ、と引き攣れた悲鳴が喉からこぼれていた。ガタガタと震える体はまったく動こうとしない。せめて瞼を閉じることができれば恐怖が減るかもしれないのに、瞼さえもが凍り付いたかのように動きを止めている。

そんな深凪の前で漆黒の暴風は一点に凝るかのように体積を縮めていた。風に縛られるかのようにギュッ、ギュッ、ギュッと細くくびれた闇は、やがて長く髪を振り乱した女のような姿を取る。深凪の身長の倍くらいありそうな高さを持ちながら上半身のみしか形を得ていない怨霊の姿は、まるで地面から巨人が生えているかのようだった。

『ア、ァァ、ァアアアァッ！　アァァアアアァッ!!』

濁った声を上げた怨霊は、針金のような手を振り被ると鞭を振るうかのように深凪に向かって振り下ろす。その時になってようやく深凪は息を詰めて固く目を閉じることができた。

真っ黒に塗り潰された視界の中で、深凪は己の命を終わらせる衝撃が訪れる時を待つ。

「……？」

だが存外、その瞬間がやってくるのは遅かった。

ギュッと体を硬くしてから数拍。吸い込んだ息が勝手に漏れ出ていくのに合わせて、深凪は固く閉じていた瞼を恐る恐る上げる。

『ヒ……ズゥ、イ』

怨霊の攻撃は、なぜか途中で止まっていた。ピタリと動きを止めた怨霊が、顔らしき部分をひたと深凪の方に向けている。

落ちくぼんだ中に黒いサインペンでグシャグシャと線を引いて描き出したような顔があった。その中で真っ黒に塗り潰された瞳は深凪の胸元……より正確に言えば、深凪の襟の合わせ目から飛び出たネックレスに据えられている。

ゾロリと牙が備わった口がバカリと開き、再び呻き声のような音が聞こえてきた。

『ヒィ、スイィィィ』

——翡翠。

その声が何と訴えているのか分かった瞬間、深凪は大きく目を見開いていた。

同時に唇は小さく名前を呼んでいる。

「碧、様……？」

深凪の首には、トップに翡翠がはめ込まれたネックレスが掛けられている。深凪の首の細さに対してチェーンが長すぎるそのネックレスは、深凪に唯一残された母の形見だった。深凪はこの形見を屋敷の外では制服の下に、屋敷にいる時は着物の下に完全に隠すようにして身につけている。

深凪にこのネックレスを与えてくれたのは、他ならぬ碧だ。他の持ち物は全て処分してしまったというのに、なぜか碧はこのネックレスだけは手元に残していたらしい。その理由を碧が語ってくれた覚えはないが、このネックレスを碧が深凪の首に掛けてくれた時、碧の手が小さく震えていたことを深凪は覚えている。

『あなたのお母様が、大切にしていた品です。何でも、大切な方から賜った物だとか。そのような思い出の品がここに残っていることは、旦那様も知らないのですよ』

あれは、何年前のことだったか。

あの時も碧は、深凪とは視線を合わせずに、だが憑き物が落ちたかのように穏やかに、そう語ってくれた。

華織は、深凪の首にこの翡翠のネックレスがあったことを知らない。碧の言葉を信じるならば、咲夜だって知らないはずだ。他の使用人も、千華学園の人間も、知っているはずがない。

このネックレスを見て『翡翠』と名を呼べるモノは、碧と深凪しかいないのだ。

「碧様、なのですか？」

信じられない思いで深凪は目の前の怨霊に問いかける。その声が聞こえているのか、怨霊は動きを止めたままブルブルと細かく震え始めた。

「碧様……碧様……っ！」

必死に声をかけながらも、深凪は頭のどこかで納得もしていた。

万全の警備体制が敷かれていたはずである櫻木本家が、なぜこうも簡単に壊滅させられたのか。腕利きの術師が揃っていたはずなのに、なぜ壊滅を免れることができなかったのか。

——内側から喰い破られた。

櫻木本家の女主人である碧が怨霊に堕ちたからだ。怨霊は外側からやってきたわけではなく屋敷の内側から発生した。宴に列席していた者も、警護についていた者も、腕利きであったからこそ怨霊の正体が碧であることに気付き、迎撃を躊躇ってしまった。不意を突かれたことも加わり、櫻木の術師達は軒並み反撃もできずに虐殺されてしまったに違いない。

生身の人間を怨霊に堕とす方法も理屈も深凪には分からない。碧自身だって優秀な術師であったはずなのになぜこんなことになったのかとも思う。

だが目の前にいるのは、碧が元となった怨霊。

その事実だけが確固たるものとして深凪の目の前に横たわっている。

「碧様っ！」

どうすればいいのかなんて分からない。深凪に唯一できることは、ただひたすら名前を呼びかけることだけだった。そんな深凪の声に応えるかのように怨霊の体の震えはどんどん大きくなっていく。

『ア……ァ、ア』

「碧様っ！」

『アアアアアアアアッ!!』

不意に、怨霊の絶叫とともに金の燐光が舞った。明らかに今まで怨霊が振り撒いていた瘴気とは類を異にする光に深凪は思わず目を瞠る。

その瞬間、何の前触れもなく深凪の目の前で風が弾けた。先程の比ではない暴風に深凪は反射的に両腕を上げて顔を庇う。風が消えてから恐る恐る顔を上げれば、視界には屋敷の成れの果てと一面の闇が広がるばかりで、怨霊も、人影も、何もそこにはない。

「……はっ……はっ……はっ……」

生者の気配がない闇の中に、ひたすらに浅い呼吸を繰り返す深凪だけが、取り残されていた。

【弐】

微(かす)かな浮遊感とともに目を開けば、いつになく明るい日差しが目を射た。思わず顔をしかめながら頭を上げれば、穏やかな光が差し込む見慣れない部屋の景色が飛び込んでくる。

和室、だった。

畳の色が茶色く褪せた六畳間。深凪(みなぎ)が頭を向けていた方向には大きな掃き出し窓が、反対側と背中側には畳と同じくらい色褪せた襖(ふすま)がはめ込まれている。正面に見える土壁の際には丸い卓袱台(ちゃぶだい)が寄せられていて、今は座布団を並べた上に転がされた深凪が部屋の中心を占拠していた。

櫻木(さくらぎ)の屋敷と同じ和室であるはずなのに、この部屋が醸す空気は明らかに深凪が知っている和室とは違う。

「……っ！」

——どこ？

思わず深凪は衣の中で体を硬くする。

その瞬間、体に掛けられていた深い緋色(ひいろ)の打掛がスルリと滑り落ちた。恐る恐る視線を向ければ、絢爛豪華な紅葉の打掛の下には桜花が織り出された赤ふきの白い打掛も顔を覗かせている。

「……そうでした、私……」

その光景に、深凪はようやく己の身に起きたことを思い出した。

櫻木本家の壊滅。千華学園の伝手を頼り、己の身と家名を呪術師達が集うオークションにかけたこと。

そこに現れた、鮮烈な紅。

「錦野、当主……」

深凪の記憶が正しければ、オークション会場で深凪を買った青年は錦野の当主であると名乗ったはずだ。

四季咲が一角、錦野家。櫻木と同じ呪術界四大大家の一角でありながら、呪術界から畏怖と嫌悪を向けられる一族。

――『術師殺し』の、錦野家。

心の中だけでその呼び名を呟きながら、深凪はソロリと上半身を起こす。

その瞬間、カタリと、本当に微かな音を響かせながらゆっくりと襖が開いた。思わず肩を跳ねさせながら音がする方を振り返ると、深凪が足を向けていた先にある襖の向こうから誰かが顔を覗かせている。

「あ……」

掠れた声を上げた深凪に、襖の向こうから顔を覗かせた女が紅樺色の瞳を丸くした。

しばらくキョトキョトと目を瞬かせた女は、ニコリと笑みを浮かべると変わることなく静かな挙措で襖を大きく開けきる。

「おはよう。気分はどうだい？　ちゃんと眠れた？」

女性にしては低めの、掠れを帯びた穏やかな声だった。見目は深凪より少し年上かといった程度なのに、声だけを聞いているともっと年かさなのかと錯覚してしまいそうな、丸い響きを帯びた声だ。

「あたしは楓。荻野楓」

クリーム色のふんわりとしたデザインのカットソーに、黒に近い茶色の足首丈のパンツを合わせた女性は、襖を開いてもすぐには部屋の中に踏み込んでこなかった。

深凪と視線を合わせるかのようにスッと廊下に腰を落とした女性は、肩上で切り揃えられた赤茶色の髪を揺らしながら微かに首を傾げる。

「錦野の当主である祀鶴の、お目付け役兼サポート役みたいなことをしてる人間さね」

深凪を見つめる瞳は優しかった。こんな目を向けてもらったのはいつぶりだろうかと、深凪は思わず楓と名乗った女性を無防備に見上げる。

そんな深凪の反応を確かめているかのように、楓はゆっくりと言葉を続けた。

「ここは祀鶴が普段暮らしてる家で、隠れ家みたいなもののひとつ。昨日祀鶴が会場からあなたを抱えて出てきたのを、あたしが車で祀鶴ごと回収してここに連れて来たのさね。着物の着付けを緩めたのはあたしだから、安心してね。祀鶴はあなたの着付けには指一本触れてないから。そこは信じてやっておくれ」

柔らかく続けられた言葉に、ジワリと昨日の記憶が深凪の中にも浮かぶ。

──そうだ、私……ステージ上で彼の手を取ってから、記憶がなくて……

と言っても、深凪の中に青年と出会ってからの記憶はほとんどない。

眩しすぎる光に潰されたのか、櫻木家が壊滅してから数日分蓄積した疲労がピークに達してしまったのか、深凪の意識は青年の手を取った所でプツリと途切れている。ただ最後に崩れ落ちそうになった体を誰かの腕が支えてくれたことだけはぼんやりと覚えていた。

──あの、腕の主は、やっぱり……

「ね、ちょっとそっちに行ってもいいかい？　あたしが近付いても大丈夫？」

一瞬、己の内に意識が沈んでいた深凪は、楓から投げかけられた声に慌てて顔を上げた。向けられた言葉は『こっちから近付くからね』という宣言であったわけではなく、本当に深凪の意向を確認するものであったらしい。律儀に深凪の反応を待ってくれていた楓に向かって慌てて首を縦に振ると、楓は嬉しそうに微笑んでからようやく敷居を越えてきた。

「あぁ、ちょっと顔色が良くなってる。ちゃんとよく眠れたんだね、良かった。昨日ここに連れてきた時の深凪は本当に顔色が良くなかったから、心配してたのさね」

深凪の傍らに座り直した楓は、深凪の顔を覗き込むとさらに嬉しそうに笑った。そうでありながらも拳ひとつ分遠い距離と手を伸ばしてこない仕草に、深凪はようやく楓がこちらに気を遣ってくれていることに気付く。気付いてみれば今の楓の距離の取り方は、学園でクラスメイト達が迷い込んできた子猫を保護しようとしていた時の距離の取り方とよく似ていた。

——確か……いきなり距離を詰めたり、手を伸ばしたりすると、怯えてしまうからだと。

「よく寝たなら、次はご飯だね。何か苦手な食べ物とかは……」

そんなことを思い出しながらも、無防備なまま楓を見つめた、その瞬間だった。

「おい楓、何チンタラやってんだよ」

トットットッ、と気忙しい足音とともに不機嫌な声が襖の向こうから飛んでくる。反射的に深凪が肩を跳ねさせて顔を上げるのと、音の主が顔を覗かせるのはほぼ同時だった。

暗い廊下の向こうに、鮮やかな紅が弾ける。

「とっととそいつを起こして着替えさせろって言っただろ。朝飯食ってる時間がなくなるぞ」

柘榴のような紅の髪。彼岸花の色で染め上げたかのような深い緋色の瞳は、朝の光の中で見ても透き通って見えた。冷たく整った顔立ちは不機嫌そうに歪んでいても端整な美貌を損なっていない。体格に対してサイズが大きいパーカーとカーゴパンツというラフな姿が、オークション会場で目にした着流しよりもよほど彼には似合っている。

錦野祀鶴。

あのオークションの会場で唯一深凪との取引に名乗りを上げた青年は、深凪と楓に纏めて射るような視線を注ぐ。そんな祀鶴の視線に深凪は思わず息を詰めたが、楓は祀鶴に負けじと鋭い視線を返した。

「祀鶴。あんたはもっとデリカシーって言葉を学ぶべきさね」

「お前のやり方に付き合ってたら、何も進まないまま日が暮れる」

楓の棘がある言葉にも冷めた口調で答えた祀鶴は、柱に肩を預けながら楓の後ろに庇われた深凪を見遣る。真っ直ぐ祀鶴に見下された深凪は、思わず体を硬くしたまま息を詰めた。

「お前、名前は？」

「え？」

短く発された問いに、深凪は思わず呆けた声を上げていた。

――オークション会場にいらっしゃった祀鶴様は、すでに私の素性をご存じなのでは？

そう疑問を抱きながら祀鶴を見上げると、変わることなく鋭く深凪を見据える祀鶴の瞳と視線がかち合った。緋色の瞳は冷たく厳しいが、そこには深凪の返答をひたむきに待っている様子が見て取れる。

そのことが分かった瞬間、深凪の唇はフルリと解けて声を発していた。

「み、みなぎ」

こぼれ落ちた声は、掠れていた上に震えていた。

これでは祀鶴に届かないかもしれないと考えた深凪は、コクリとツバを飲み込むともう一度己の名前を口にする。

「櫻木、深凪と、申します」

「字はどう書く？」

「あ……『深』い『凪』で、深凪、です」

「『深』い『凪』で深凪……ね」

しばらく己の舌の上で深凪の名前を転がした祀鶴は、不意に深凪に視線を据え直すと改めて唇を開いた。

「深凪」

――あ……

櫻木の屋敷でだって、名前を呼ばれる機会はあった。いくら虐げられていたといっても『深凪』という名前が個を識別するための名である以上、名前を呼ばなければ日々は円滑に回っていかない。

ありふれた響きの、それ。

だというのに今、祀鶴が口にしたそれは、明らかに他の人が今まで口にしてきたそれとは違う響きを帯びていた。

——私、……今、初めて、名前を呼ばれた。

言霊。呪術師が操る言葉は、呪歌の形を成していなくても、それそのものがすでに力を帯びている。そして名前は一番短い呪だ。

知識として何度も聞かされてきたことだが、無能力者である自分には関係のない話だと思ってきた。だが今、深凪はその力を、祀鶴との短いやり取りの間に体感した。

「改めて依頼について聞きたい。だがまずはその鬱陶しい服を着替えてからだ」

だが祀鶴は深凪にその余韻に浸る暇を与えてくれない。深凪が無防備に目を見開いた次の瞬間には、冷めた声音が現実を突きつけてくる。

依頼。

その言葉に深凪はハッと我に返った。そんな深凪の微かな変化に気付いたのか、祀鶴は手にしていたスマホを軽く振ってみせる。

「オークション会場から『櫻木深凪嬢が着ていた装束は付属品ではないのでお返し願いたい』と、わざわざご丁寧に連絡が来てな。下手にシミを作る前にさっさと着替えてくれ。飯と話はそれからだ」

◆◆◆

「祀鶴の部屋は一階の奥なんだけどね、あたしの部屋はここの二階にあるのさね。二階は祀鶴も含めて男子禁制の女の園だから、安心してくれていいよ」

一体何に『安心してくれていいよ』なのかもよく分からないまま、深凪は楓に連れられて二階にある楓の部屋に入った。書籍や何かの道具がたくさん置かれた部屋は雑然としているように見えて、きちんと使いやすく整頓されている。

「あぁ、あたし、千華学園大学の医学部の五年生でね。医学部とは言ってるけれど、専門は呪術医療さね」

深凪の視線に目敏く気付いた楓は、自らの身の上を自主的に教えてくれた。そんな楓に驚きながらも、深凪は『そうか、私は今、この部屋の様子を見て、楓様はどんな生活を送っていらっしゃるのかと、疑問に思ったのですね』と知る。

――初めて、です。他人の行動で、自分の心に気付くなんて。

同時に、疑問にも思った。深凪にとってさえ遠い深凪の心の内を、なぜ楓は知ることができたのだろうかと。

「さて。改めて近々服は買いに行くとして。当座はあたしので何とか凌がないとね」

深凪がそんなことをぼんやりと思っている間も、楓はテキパキと動き続けていた。深凪に着付けられていた白無垢(しろむく)はあっという間に脱がされ、襦袢(じゅばん)一枚になった所に楓は次々と洋服をあてがっていく。

「はい、じゃあこれに着替えて。寒かったり暑かったりしたらまた教えてね」

次に深凪が我に返った時には、深凪用に見繕われた洋服が一式、深凪の腕に載せられていた。深凪がワタワタと腕の中の服と楓にかわるがわる視線を向けている間に、楓はテキパキと深凪から剥ぎ取った白無垢を畳んでいく。今は洋服に身を包んでいる楓だが、四季咲の関係者である以上やはり和服の扱いには慣れているらしく、その手付きに迷いはなかった。

己よりも余程手慣れた楓の手付きに目を奪われていた深凪は、再びハッと我に返るとワタワタと渡された洋服に着替えた。上は厚手のロングティーシャツ、下はウエストが全ゴムのガウチョパンツというセレクトは、楓と背丈も体付きも違う深凪でもそこそこきちんと様になる服をわざわざ楓が選んでくれたからだろう。

「うん。似合ってる」

渡された服を着込んだ深凪が恐る恐る楓を振り返ると、楓は帯を畳みながら嬉しそうに笑ってくれた。何だかそれだけで体がフワリと軽くなったような気がする。

「さて、じゃあ下に戻ろうか。腹ペコの祀鶴をあんまり長く待たせて、また機嫌を損ねられても面倒だからね」

あの鋭い視線を投げてよこした祀鶴を『面倒』という言葉で切って捨てた楓は、軽やかに深凪の背中を押しながら自室を後にした。そんな楓に翻弄されるがまま、深凪は慣れない階段をおっかなびっくり降り、最初に目を覚ました和室に戻る。

その瞬間フワリと鼻先をかすめた匂いに、深凪は思わず大きく目を瞠った。

「おっせぇぞ。冷めるだろうが」

ホコホコと湯気を上げるお味噌汁と白ご飯。同じ皿に並べられた焼き鮭と卵焼きの色彩が目に鮮やかだった。添えられたふたつの小鉢の中にはそれぞれ青菜のお浸しと冷奴が入れられている。

部屋の中心に引き出された丸い卓袱台の上には、三人分の食事が用意されていた。深凪がこの部屋を出た時にそれらはなく、楓はずっと深凪の傍にいたということは、この支度をしたのは祀鶴なのだろう。

――祀鶴様は、錦野の当主なのに？

当主が直々に食事の用意をするなど、櫻木家ならば絶対にあり得ないことだ。食事は場に座した御当主様の前に箱膳で運ばれてくる物であって、御当主様が用意する物ではない。

「おや、今朝は随分気張ったじゃないか」

「早くに目が覚めたから余裕があっただけだ」

「またまたぁ～、顔色が悪い深凪に少しでも精がつく物をって思ったからなんじゃないのか～い？」

「え？」

さらに続いた言葉に、深凪は完全に言葉を失った。

――私の、ため？

確かに卓袱台の上には三人分の食事が用意されている。この家に祀鶴と楓以外の人間がいないならば、三人目の食事は間違いなく深凪のために用意されたものなのだろう。

おまけに二人の言葉から察するに、楓があらかじめ用意していた食事を祀鶴が配膳したというわけではなく、祀鶴が調理から配膳まで全てを担当しているらしい。

――どうして？

深凪は、祀鶴に買われた人間だ。金銭の取引は一切行われていないが、深凪の身代と櫻木の家名を対価に祀鶴は怨霊『黒（くろ）の御方（おんかた）』の討伐を請け負うという話がついているのだから『買われた』という表現はあながち間違ってはいない。

――私は、ただの対価で。こんなもてなしを受けるようなことは。

「楓、一々はしゃぐな。こいつは依頼人であって『家族』じゃねぇんだぞ」

「はいは～い」

「それと、お前」

ぼんやりとした内心を疑問に染めていた深凪は、鋭く飛んできた視線にビクリと肩を跳ねさせた。

そんな深凪を真っ直ぐに見据えた祀鶴は不機嫌そうに言葉を続ける。

「目の前に倒れそうな人間がいたら、食事を振る舞うのは人として当たり前のことだろうが。一々こんなことで驚くな」

「……当たり、前」

「櫻木の家でどうだったかは知らん。だが錦野ではこれが『当たり前』だ。ひとまず依頼完遂までお前はここで生活するんだ。慣れろ」

一方的に言葉を投げつけた祀鶴はそのままフイッと視線を逸らす。『反論は受け付けていない』ということだろう。

「さぁさ、とりあえず座った座った」

さすがに戸惑いを隠せない深凪の背中を楓がポンポンッと優しく叩く。思わずすがるように楓を見上げると、楓は初めて笑いかけてくれた時から変わらない柔らかな笑みを向けてくれていた。

「こう見えて、魚を焼かせたら祀鶴の右に出る人間は錦野にいないのさね。冷めないうちにいただこうじゃないか」

『お味噌汁のデキには波があるけどね』と続けた楓はそっと深凪を部屋の中へ誘う。その優しい力に文字通り背中を押された深凪は、戸惑いながらも祀鶴の正面になる席に腰を下ろした。その隣、ちょうど入ってきた襖を背にする場所に楓が腰を下ろす。

「今日はお客様用の食器とお箸だけども。服を買いに行く時に、一緒に深凪用のお茶碗とお箸も買うとするかね」

「だから楓、こいつは『依頼人』であって『家族』じゃねぇってさっきから言ってんだろ」

「細かいことにこだわらなくてもいいじゃないさ。しばらく一緒に暮らすなら、やっぱり深凪専用の物は必要さね」

苦く言い放つ祀鶴も、その苦さにこたえず上機嫌で返す楓も、ごく自然な動作で両手を合わせる。

そんな二人の視線がなぜか揃って深凪に向いた。その視線の意味が分からないなりに反射的に深凪も手を合わせると、二人は揃って小さく頷く。

「いただきます」

二人の声が綺麗に揃った。

その声にまた肩を跳ねさせながらも、深凪は二人に遅れて小さく呟く。

「い、いただきます」

そんな深凪の声にさらに頷いた二人は、箸を手に取ると黙々と食事を始めた。しばらく呆気(あっけ)に取られてそんな二人を眺めていた深凪だったが、楓の問うような視線と祀鶴からの刺すような視線、両方を感じた深凪は、慌てて箸を取ると二人を真似(まね)て左手に茶碗を持ち、箸の先を美しく焼き上がった鮭に向ける。

そっと箸を差し入れると、美しいピンク色の身はホロリと簡単にほぐれた。慣れない箸でそっとほぐれた身をつまみ、深凪は思い切ってそれを口に入れる。

「……！」

程よい塩気と、旨味(うまみ)と、甘み。噛(か)み締める前から広がったその味に、深凪は思わず目を見開いた。

――鮭って、こんなに美味(おい)しい物でしたっけ？

普段深凪が口にしていたのは、厨房(ちゅうぼう)に下げられてきた余り物ばかりだった。温かい料理など食べた記憶はない。食べさしのような残り物だって躊躇(ためら)わずに口にしなければ生きてはこられなかった。

――でもこれは、ただ温かいから美味しいというだけでは、ないと思う。

深凪は鮭を丁寧に噛み締めてから飲み込むと、ホコホコと湯気を上げる白ご飯にも、卵焼きにも、小鉢にも箸を伸ばした。お味噌汁を飲む時には少し舌をヤケドしたような気もしたが、それでもしっかりと舌で味わってから胃の中に送り込む。

「……おいしい」

ジワリと、なぜか目元に熱が集まるのが分かった。料理に温められたのは口の中と胃のはずなのに、なぜか食道よりも上にあるはずである目元に熱が集中していく。

「……っ」

深凪はその熱ごと食事を噛み締めた。深凪の箸の運びは遅いのに、楓はおろか祀鶴さえそのことに文句を言ってこない。

途中からひたすら夢中で箸を進め、全ての皿を空にした所で深凪が我に返ると、深凪の皿の傍らにはいつの間にか湯呑が添えられていた。中に入っているのはどうやら冷えた麦茶であるらしい。そっと顔を上げると、いつの間にか楓と祀鶴も湯呑を片手にくつろいでいる。

「あ……」

その光景に、深凪の唇から声がこぼれ落ちた。胸の内に言葉があったわけでもないのに勝手に漏れ出てしまった声に戸惑っていると、楓と祀鶴が再び揃って手を合わせる。今度は二人に遅れないように深凪も手を合わせると、二人の声が再び揃った。

「ご馳走様でした」

「ご、ご馳走様、でした」

——そういえば私、いただきますも、ご馳走様も、きちんと口に出したのは、初めてのことかもしれません。

『生きる糧をいただきます』『生命の食膳をご馳走様でした』

それぞれの言葉には、そのような意味があるのだという。二人が口にした言葉には、そんな意味がきちんと乗っているのが分かる響きがあった。これもまた言霊なのかもしれない。

――同じ術師の家でありながら、櫻木家とはあまりに違う。

「さて。では、本題に入らせてもらおうか」

ぼんやりとそんなことを思った瞬間、だった。

鋭さを増した祀鶴の声に深凪は弾かれたように顔を上げる。祀鶴の彼岸花を思わせる瞳と視線が合った瞬間、深い緋色の瞳はスッと剣呑にすがめられた。

「お前の望みは、数日前、突如として現れ櫻木家を壊滅に追いやった怨霊『黒の御方』の討伐。対価はお前の身代と、櫻木の華呪『華泉』の継承権を含めた櫻木の家名。……相違はないな？」

祀鶴の確認の言葉に、深凪はできるだけ姿勢を正した。何となく、そうしなければならないような気がした。

「間違い、ありません」

「お前がそれを望む理由は何だ？」

パーカーにカーゴパンツというおよそ呪術師らしくないラフな服装に身を包み、胡座をかいて座っている祀鶴だが、背筋が伸びた座り姿はどこか美しかった。深凪を真っ直ぐに見据えるその姿には、高位にある呪術師特有の風格が満ちている。

「お前が置かれていた立場は風の噂で聞いている。とてもじゃないが『家のため』なんて言葉を口にできるほど、お前の境遇は良くなかったはずだ」

その圧に俯きそうになりながらも、深凪は必死に顔を上げ続けた。今の深凪はあのオークション会場にいた時のようにスポットライトを浴びせられているわけではないのに、あの時も感じた目眩がクラリ、クラリと深凪の意識を揺らす。

「お前を虐げてきた櫻木は壊滅した。お前は『ザマァ見ろ』と笑うことも、これ幸いと逃げ出すこともできただろう。むしろお前はそうすべきだった。『櫻木の家名を差し出す』と言いながら、常に蚊帳の外に置かれてきたお前には、奥義書の行方も含めて、何もかもが分かっていないはずなんだから」

──知られて、いた。

祀鶴の言葉に深凪は膝の上に揃えた手をギュッと握りしめた。恐らく祀鶴は深凪が『華泉』を取引材料として持ち出してきたくせに、その行方はおろか現物すら見たことがない状態であることを最初から見抜いていたのだろう。

──それでもこうして話をしてくれるということは、譲渡さえ確約できていれば、問題はないということでしょうか。

握りしめた手がカタカタと震える。それでも深凪は必死に祀鶴を見据え続けた。

「だというのになぜ、お前は己を虐げてきた櫻木家の仇を討つために、ハッタリじみた発言までして、己の身代を懸けるような真似に出た？　いくら櫻木本家の生き残りとはいえ、櫻木の血を引いてないお前が『華泉』を勝手に他家に……よりにもよって錦野に流したと知られれば、面倒なことになるとは思わなかったのか？」

呪術を生業とする一族には、それぞれ血に宿る呪力特性というものが存在している。

陰を陽に転じて生命を芽吹かせることを本領とするのが櫻木。

陽に陽を重ねて生命を繁茂させることを本領とするのが日向。

陽を陰に転じて生命を刈り取ることを本領とするのが錦野。

陰に陰を重ねて生命を眠らせるのが不香。

それぞれの家に生まれついた呪術師は、『炎』や『雷』といった単純な不可思議を引き起こす力の他に、それぞれの血に起因する特性を持って生まれてくる。基本的に退魔はどの家も請け負ってきたことだが、その他にも四家は血の特性を生かして、古くから櫻木は言祝ぎを得意とする呪言師、日向は呪術医療者、錦野は討伐師、不香は封印師と、それぞれの領域で『民の安寧を守る』という責務を全うしてきた。四家それぞれと力の特性が近い一族、長い歴史の中で本家から分家した血筋の寄り集まりで、それぞれの派閥は形成されているらしい。

そんな四季咲の本家には、それぞれ『華呪』と呼ばれる一子相伝の秘術が伝わっている。その秘術を記した奥義書もそれぞれの家の華呪と同じ名前で呼ばれ、奥義書を所有することはそのまま四季咲の当主であることの証だとされてきた。

『華泉』は櫻木の華呪だ。その内容は『無を有に転じる秘法』……喩えるならば『焦土を瞬きひとつの間に春の野に変える』というものらしい。

深凪はその喩えを耳にしたことがあるだけで、術の詳細は一切知らない。華織がその術を継承していたのかも知らなければ、奥義書がどこに保管されていたのかも分からない。

だが櫻木本家が壊滅した今、奥義書の継承権が櫻木本家唯一の生き残りである深凪にあることだけは確かだ。正確に言うならば、深凪に継承の意思があるかないかにかかわらず、深凪は自動的かつ強制的に櫻木当主の座と奥義書『華泉』をすでに継承している状態にあるらしい。

そうであるならば、深凪が『華泉』を行使できなかろうとも、奥義書の行方を知らずとも、その利権をどう扱うかは深凪に裁量があるということになる。

——だから、『私』に価値はなくとも、『櫻木深凪』をオークションにかける意味はあった。

深凪は一度グッと奥歯を噛み締めると、カラカラに干上がった喉から声を絞り出した。

「自分、が。……どれほど大それたことを、口にしたかは、……これでも、分かっている、つもり……です。確かに、奥義書の行方を、私は、知りません。……でも、差し出すという言葉に、嘘偽りは、ありません」

『華呪』を他家に差し出す。

それはそのまま、他家の人間に櫻木の当主の座を譲り渡すということだ。その相手が四季咲の他の当主であれば櫻木は新たな『華泉』の所収者の傘下に降ることになり、四季咲の中心から遠い者が所有することになれば、その人物が新たな櫻木の当主として立つということになる。

本来であれば、決して許されない所業だ。この災禍を生き残った櫻木派の呪術師が深凪の発言を聞いたら、深凪こそが仇討ちの対象にされかねない。

おまけに深凪を買ったのは、呪術界で嫌厭されている錦野家の当主である祀鶴だ。

「オークションで、競り落とされた結果、とはいえ……『術師殺し』と呼ばれる、錦野家を頼るという意味が、……どういうことかと、いうことも」

櫻木の華呪が『焦土を瞬きひとつの間に春の野に変える』というものであるならば、錦野の華呪は『生命に溢れた草原を瞬きひとつで枯野に変える』というものであるらしい。

錦野派の呪術師が帯びる力は、死神のそれに近い。その力は往々にして怨霊狩りや妖怪狩りに活かされることが多く、古くから錦野は他派の呪術師では手が付けられない悪霊悪鬼の討伐を請け負ってきた。

だがそれだけならば、畏怖はされても嫌悪の対象にはならなかっただろう。

——四季咲の中で唯一、相対する術師の力を奪い、技を以って術師を殺すことができる一族。

錦野の呪術は、呪術師をも殺せる。他派の呪術師のように『炎』や『雷』といった呪術を相手にぶつけて殺すわけではなく、相手の生命力や呪力といったものの流れを断ち、根本から命を断つ力を持っている。

怨霊や妖怪を狩るのと同じ感覚で、呪術師そのものも狩ることができてしまうのが錦野の呪術師だ。噂では錦野家は古くからその呪術特性を活かし、宵宮家の勅命の下、暴走した呪術師の抹殺任務を極秘で担ってきたという。

その証拠に、錦野の者が些細な諍いから他派の術者にその技を振るい、数多の生命を奪うという事件が十数年前に起きている。深凪にその頃の記憶はないが、呪術現代史によると大変な惨事であったらしい。

それまで他派から距離を置かれる程度で済んでいた錦野家は、その事件を契機に他派に迫害される存在となった。『錦野派は恐ろしい、生かしてはおけない』という感情から起きた粛清の嵐は凄まじいものであったという。そうでありながら錦野が断絶まで追い込まれなかったのは、凶悪な怨霊や妖怪を狩るのにやはり錦野の技が必要だったからだ。

忌まれ、追われ、それでも他家の護身のために生かされた一族。

四季咲の一角でありながら、他の三家と同じ場所には並べない家。

そんな錦野家が力を持つことを、呪術界は決して容認しないだろう。錦野に『華泉』を譲り渡した深凪は、もしかしたら宵宮家に呼び付けられて査問にかけられるかもしれない。

四季咲のパワーバランスが崩れれば、呪術界にどんな嵐が巻き起こるかもわからない。

――それでも。

「……『黒の御方』の正体は、櫻木碧様……櫻木の御当主様の、奥方様、です」

引けない、という意地を込めて、深凪は顔を上げ続ける。さすがに『黒の御方』の正体についての情報は回っていなかったのだろう。深凪の言葉に楓が鋭く息を呑み、祀鶴の瞳に宿る光が温度を下げた。

「終わらせて、差し上げたい、の、です」

「……根拠は？」

「この、首飾りを見て、『翡翠』と」

深凪は服の下に隠していたネックレスを手繰り寄せると服の外に出した。差し込む光に緑の宝石がキラキラと光を反射させる。

「母の……花宮翡翠の、形見、です。これが、母の形見だと知っているのは、碧様、だけです。それに、私の『碧様』という声に、反応が、ありました」

言葉を紡ぎ慣れていない口で、深凪は必死に説明する。誰かに何かを説明することも、何かを求めることも、……伝えたいと請い願うことさえ、思えば初めてのことかもしれない。

「……『黒の御方』はこの数日で、櫻木派の呪術師ばっかり喰らっているっていう噂さね」

焦りばかりが募って肝心の言葉が中々出てこない。

そんな深凪の隣で楓が口を開いた。

「その場に他派の人間がいたり、一般人がいれば見境なく襲ってるって話もあるけども、標的はあくまで櫻木派。……何かあるとは思ってたけど、まさか『黒の御方』が櫻木碧が堕ちた姿だったとはね」

楓の言葉に深凪は思わず楓へ視線を向けた。

怨霊は、ヒトを襲う。それは怨霊にとってヒトが持つ精気がたまらなく美味しい餌だからだ。力がある術師はその精気にさらに霊力が乗るため、より一層怨霊に狙われやすいのだという。

そしてヒトを喰らえば喰らうほど、怨霊の核となる御霊は穢れていく。

怨霊に堕ちた魂はそもそも楽土へ渡ることはできないと言われているが、死気を溜めに溜めた怨霊は調伏された後でさえ世界を巡る力の中へは還っていけないという話だ。呪術師に調伏された後でさえ、魂が砕かれた穢れの欠片となって、暗い暗い世界を転がり続けることになる。そしてやがては新たな怨霊に取り込まれ、また調伏されるまで死気を蓄え続けるのだ。

だからそこまで堕ちきってしまう前に、なるべくヒトを喰うより早く、怨霊は調伏しなければならない。

「どうか、どう、か……！」

深凪は正座したまま後ろへいざると、空いた空間にガバリと体を伏せた。深く頭を下げた体は、ガタガタとみっともないくらい震えている。

「『黒の御方』の調伏を……！」

「そこは間違いなく請け負う。その契約は、あのオークション会場でお前が俺の手を取った時に成立している。錦野の当主として、強大な怨霊を放置したままにしておくこともできないしな」

そんな深凪の上に、祀鶴の言葉は落ちた。確と約する声に、深凪は震えながら頭を上げる。

だが祀鶴の言葉はそこで止まらなかった。

「ただ俺は、何がお前をそこまで突き動かすのか、その理由が知りたい」

祀鶴の言葉は、静かだった。今まで深凪に向けられてきたどの言葉よりも。

だがその言葉は、今まで向けられてきたどの言葉よりも深凪に鋭く突き刺さる。

「もう一度問うぞ、櫻木深凪」

ただその鋭さに、深凪の体は震えを止める。上げられた顔は、まるで操られているかのように自然に祀鶴を見上げた。

長い前髪がカーテンのように視界を覆っている中でも分かる鮮烈な緋色（ひいろ）の瞳が、真っ直（まっす）ぐに深凪に据えられている。

「お前が『黒の御方』討伐を望む理由は、何だ？」

復讐（ふくしゅう）か。救済か。

己を虐げてきた最たる原因である櫻木碧を討伐することで、櫻木家に打ち勝ちたいのか。

櫻木家を潰した怨霊を自分が打ち倒すことで、間接的に櫻木家よりも上に立ちたいのか。

あるいは櫻木碧に慈悲を与える立場に立って優越感に浸りたいのか。

自己犠牲に酔っているのか。使命感に駆られているのか。もっと別の何かなのか。

「……私、は」

世間から見て理由になりそうなものなんて、それこそ掃いて捨てるほどにあったはずだ。

世間を知らない深凪でさえ、客観的に見てそれくらいのことは分かる。

だが。

「分かり、ません……」

深凪には、何が己をこれほど駆り立てるのか、その感情の正体が分かっていなかった。

与えられた幸せと、課された痛みを天秤に掛ければ、考えるまでもなく痛みの方が重い。ただひたすらに死だけを思って生きてきた日々を思えば、深凪は何もせずに安全な場所から呪術界が櫻木の女主人の手によって無茶苦茶にされていく様を眺めていても許されただろう。

――そのことは、分かっている。だけど。

自分をこんなことへ突き動かした衝動の正体。己を虐げ続けた櫻木家のために己の身をオークションに掛け、今もこんなに身を焼かれるような焦燥を生む何か。

その源にあるものの正体が、深凪には分からない。

――ずっと、ずっと。……心は、遠いものだった。

深凪にとって、己の心は常にどこか遠くにあるものだった。世界はいつだってぼんやりとしていて、深凪を傷付けようとしながら、ゆっくりと流れ去っていくものだった。

それが、あの夜に変わってしまった。

今の深凪に分かるのはそこまでで、それ以上のことは深凪自身にさえ分からない。

「分かり、ません」

深凪はただ、その言葉を繰り返すことしかできなかった。

祀鶴を真っ直ぐに見上げていたはずである顔が徐々に下を向いていく。そんな深凪の姿に祀鶴が瞳に険を載せたのが雰囲気で分かった。

「……それがお前の素直な心境だってことだけは分かった。お前の言霊に嘘はない」

軽く溜め息をこぼした祀鶴に深凪はまた肩を震わせる。深凪を傷付ける言葉ではなかったはずなのに、やはりその言葉は直接棘（とげ）を向けられるよりも深く深く深凪に突き刺さった。

「まぁ、いい。分かったら教えてもらえると助かる。どんな心境でお前が現場に立つのか分かった方が、俺も立ち回りがしやすいと思っただけなんでな」

だがその痛みを感じる理由を考える暇（いとま）は深凪に与えられない。

──現場に立つ？

その言葉に反応するのは、深凪よりも楓の方が早かった。

「現場に立つって……祀鶴、あんた深凪は……！」

「呪術が一切使えない無能力者だってことは知ってる」

聞き間違いかと顔を上げた瞬間、楓が祀鶴に喰ってかかっていた。だが祀鶴は楓の言葉を軽く受け流す。

「だが、現状『黒の御方』に遭遇して生き残った人間はこいつだけだ。俺達だけで現場に出ても、相対している怨霊が本当に『黒の御方』であるかどうか、判断する術（すべ）はない」

その言葉に深凪は息を詰めた。

──確かに、そうだ。

『黒の御方』が発生したのはつい数日前だ。生まれた瞬間櫻木本家を壊滅させたことで呪術界が注目してはいるが、『黒の御方』にまつわる情報はほぼ何もないと考えてもいいだろう。まともな目撃情報のひとつもないということは、外見にまつわる特徴から怨霊としての特性まで一切分かっていないということに他ならない。

「判断の『目』として、こいつを現場に連れていくしか方法がないだろ。契約の履行に関しては公正でなければいずれ歪（ひずみ）が生まれる」

祀鶴の言葉はもっともだ。術師として、祀鶴の言葉はどこまでも正しくて合理的だと深凪にも分かる。

だが深凪は呪術師としての才を一切持っていない無能力者だ。呪術師養成のための学び舎（まなびや）である千華学園に在籍はしていたが、それだって深凪に術者としての教養を求めたからではなく、あくまで櫻木の体面のためだったと誰もが知っている。

「で、でも、私、は……」

「見鬼（けんき）を補う呪具も、霊力を蓄えた呪具も、うちの納屋にひとつかふたつはある」

呪術を扱うどころか見鬼の才さえないのだ、という深凪の言葉を、祀鶴は聞かなった。

「楓、こいつに扱えそうなやつを見繕ってやれ。あと、視界が悪いのは現場では命取りだ。その鬱陶しい髪も何とかしろ」

「ちょっと祀鶴！　いくら何でも強引すぎ……！」

「ちょうどよく今から仕事が入ってる。こいつが現状どんなもんなのか測りたい。こいつの準備ができ次第現場に出る」

　楓の抗議を聞き流した祀鶴は、無造作に自身が着ていたフルジップアップのパーカーを脱ぐと手早く片手に纏(まと)めて卓袱台(ちゃぶだい)越しに深凪へ差し出した。え、と深凪が意味も分からず固まっていると、祀鶴はパーカーを手にした腕を軽く振りながら不機嫌そうに口を開く。

「貸してやる。サイズが大きいから、庇(ひさし)を作るにはちょうどいいだろ。これで足りなかったら楓からサングラスでも借りろ。錦野の人間はみんな目の色素が薄くて光に弱いから、誰でもサングラスのひとつやふたつは普通に持ってる」

「え？　どう、して……？」

「お前の目、光に弱いんだろ。ずっと眩(まぶ)しそうなしかめっ面してるぞ。オークション会場でもそうだった。その前髪も光から顔を庇(かば)うために伸ばしてるんじゃないのか？」

「え⁉　そうだったのかい深凪。言ってくれれば……！」

　──気付いて、た？

　楓が慌てて深凪を見遣(みや)る中、深凪は思わず無防備に目を見開いていた。その瞬間、明るくなりすぎた視界にクラリと意識が揺れて、深凪の目は再びすがめられる。

　薄暗い場所で常に俯(うつむ)き続けてきた深凪は、昔から明るい日差しが苦手だった。夜目が利く半面、日中の明るい日差しの中に引き出されると目眩(めまい)がしてすぐにその場にしゃがみ込んでしまう。昔は適当に切っていた前髪を伸ばしっぱなしにし始めたのも、元を正せばそこに原因があった。顔を隠すのにちょうどいいと気付いたのはその後だ。

——でも、それを誰かに見抜かれたのは、初めてのこと、です。

「俺達は、進もうと足掻く人間の言葉は蔑ろにしない。ただ、うずくまり続ける人間にわざわざ手を差し伸べるような真似もしない。変わりたいと足掻いて立ち上がった人間達で、錦野の家は成り立ってきたのだから」

深凪を真っ直ぐに見つめ続ける祀鶴は、不機嫌を顔に広げながらもパーカーを差し出す腕を引っ込めようとはしない。恐らく深凪が受け取るまで、祀鶴はこの腕を差し伸べ続けるのだろう。

「楓だってあらかじめ言っていたはずだ。『不都合があれば言え』と」

深凪はおずおずと腕を動かすと祀鶴からパーカーを受け取った。深凪がきちんとパーカーを受け取ったことを確かめてから祀鶴は手を離し、腕を引く。

「次は気付いても放置する。これが錦野の『普通』だ。さっさと慣れろ」

一方的に言い放った祀鶴は足元に置いてあったらしいお盆を引っ張り出すと手早く空になった食器達を載せていく。どうやら朝食の後片付けまで祀鶴が担当するつもりであるらしい。

「片付けとくから、さっさと支度をしろ。次は俺を待たせるなよ」

ポカンと深凪が見つめている前で、卓袱台はあっという間に空にされていた。半袖のティーシャツ姿のまま食器が載せられたお盆を持ち、祀鶴は足早に部屋を出ていく。

——足音が、しない。

その足運びからまったく音がしないことに深凪は目を丸くした。

深凪が最初に目覚めて、そこに祀鶴が現れた時、祀鶴は気忙しく足音を立てていたはずだ。ならばあの時、祀鶴はあえて足音を立てながらこの部屋にやってきたということになる。

——どう、して。

「……素直じゃないねぇ、祀鶴も」

ポロリと零れてきた言葉に、深凪はパーカーを抱えたまま顔を上げた。声の主である楓は、呆気に取られたかのように祀鶴が消えていった廊下を眺めている。

「でも、まぁ、そうさね」

思わず深凪も視線の先を追った瞬間、楓は深凪を振り返った。柔らかな笑みの中にはほんの少しだけ呆れの表情が混ざっているようにも見える。

「うん。支度をしようか、深凪。……大丈夫、祀鶴は、悪い子じゃないよ」

その言葉に、深凪は腕の中に残された祀鶴のパーカーをキュッと握りしめた。

◆　◆　◆

現場までの移動は徒歩になるという。

祀鶴から借りたパーカーのフードを目深に被った深凪は、前を進む祀鶴の一歩半ほど後ろを歩いていた。そんな深凪の歩みに合わせて、フードが被りやすいように緩くふたつに結って胸元に流した髪が揺れる。履いているのは楓からの借り物のスニーカーだった。『足のサイズがほとんど一緒で助かったね』と微笑んだ楓は、靴も髪型もよく似合っていると褒めてくれた。

そんな楓は今、ここにはいない。元々祀鶴は現場仕事に誰かを同行させることは滅多にないのだと楓は言っていた。今回は深凪の実力を測るために、特例として深凪を同行させたらしい。

――それにしても、どこに行くのでしょう？

パーカーのフードの位置を調整しながら、深凪は先を歩く祀鶴を観察する。斜め後ろを歩いているおかげで、深凪の位置からでも祀鶴の端整な横顔を眺めることができた。薄く茶がかったサングラスをかけ、術で髪を焦げ茶色に擬態させた祀鶴は、鮮烈な色彩がなくなった分面立ちの秀麗さが際立っているように思える。相変わらずパーカーにカーゴパンツというラフな格好だが、祀鶴にはむしろそのラフさがよくマッチしていた。

——もしかしてフード付きの衣服は、錦野の正装なのでしょうか？

出かけ際、楓がもう一枚上着を勧めてくれた時も、並んだ上着にはみんなフードがついていた。深凪のためにそういった上着を選んだというよりも、楓の手持ちが皆そうだったといった雰囲気だった。『錦野の人間はみんな目の色素が薄くて光に弱い』と祀鶴も言っていたから、対策として自然とそういった服を選んでしまうのかもしれない。

そんなことをぼんやりと思っている間も、二人の足はサクサクと進んでいく。

祀鶴が普段暮らしているというこぢんまりとした一軒家を出てから、祀鶴は終始無言だった。ただひたすら歩みを進める祀鶴の後ろを、深凪も無言でついていく。沈黙も早い歩みも徒歩の道中も苦ではない深凪だが、祀鶴がどこに向かっているのかということは気になった。

「あ、の……」

『俺達は、進もうと足掻く人間の言葉は蔑ろにしない』と祀鶴は言った。今まで深凪を取り巻いていた櫻木家の人間や千華学園の人間と、祀鶴や楓は何かが違うということも、今朝の短い時間の中で感じている。

ならば深凪から問いを向けるということも許されるのだろうかと、深凪は思い切って震える声を上げた。

「どこに、向かっているの、ですか？」

「今日の依頼の現場だ。具体的にはこの先にある公園だな」

問いかける深凪の声は細かったが、祀鶴はきちんと聞き取って深凪の問いに答えてくれた。チラリと一瞬深凪を振り返った祀鶴は、淡々と、だが分かりやすく説明を口にする。

「お前がどれだけやれるのかテストしたいから詳細は伏せる。テストが終わったらひと通り説明はするつもりだ」

「わ、分かり、ました」

「とりあえず、お前が案外体力はあることが分かった」

「え？」

さらに続いた思わぬ言葉に、深凪は目を瞬かせた。フードの端を両手で押さえながら視線を上げれば、今度の祀鶴は顔ごと深凪を振り返っている。

「俺の歩き方に遅れることなくついてきている。息が上がっていないということは、無理して合わせているわけではないということだ。楓から痩せすぎって診断を聞いてたから早々にバテるかとも思っていたが、お前、歩き慣れてるんだな」

「あ……」

そこからテストされていたのか、と深凪は目を丸くした。その驚きからハッと我に返ったのは、言葉が終わっても祀鶴の視線が深凪に向けられたままだと気付いたからだ。

——私の答えを、求めている？

「い、移動が、いつも、徒歩だったので」

深凪は慌てて答えになる言葉を口にした。これで当たっていただろうか、と恐る恐る祀鶴を見上げると、祀鶴は納得を顔に広げている。

「なるほど。迎えの車を使わせてもらえなかったか」

錦野当主である祀鶴は深凪のような扱いを受けたことなどないはずだ。だというのに祀鶴は深凪の言葉足らずな答えから言わんとすることをスルリと拾い上げてくれる。

——そういえば、前髪を伸ばしていた理由も、説明もなく察していましたね。

洞察力に優れているのだろうかと、深凪は考える。

その瞬間、祀鶴の足が止まった。

「さて、着いたぞ」

祀鶴の視線が深凪から他に流れる。深凪が祀鶴の視線の先を追うと、右手に公園の入口があった。小洒落(こじゃれ)た囲いとそこに取り付けられた『さみだれ公園』というプレートから、深凪はここが千華学園から電車で三駅ほど離れた場所にある大きな公園であることを知る。

「錦野の手回しで人払いはされているはずだ。ひとまず中に入るぞ」

深凪に声をかけた祀鶴はスタスタと公園の中へ入っていった。相変わらず早い歩みに二歩ほど遅れて深凪は祀鶴の後を追う。

さみだれ公園は、世情に疎い深凪でも知っている花見の名所だ。広大な敷地の公園は人々が散策を楽しめるように美しく整えられている。だが秋が深まる今は散策を楽しむ人間も少ないのか、気が早い落ち葉が舞う公園の中に人の気配はない。

——いえ、多分、それだけではない。

深凪は足を止めないままソロリと周囲に視線を巡らせた。相変わらず深凪の目には仲秋に差し掛かったただの公園が見えているだけだが、中に数歩踏み込んでから深凪の背筋はゾワゾワとした寒気にいたぶられている。

——ここが現場だと聞かされているから？　それとも『人払い』という言葉を聞いてしまったから？

初めての感覚に深凪は思わずキュッとパーカーの胸元を握りしめる。相変わらず服の下で揺れている翡翠のネックレスが深凪を励ますかのように存在を主張したような気がした。

「どうだ？　何か分かるか？」

祀鶴が深凪を振り返ったのは、公園の中心にある広場に足を踏み入れてからだった。芝が張られた緩やかな丘を中心に、その周囲を遊歩道でグルリと囲った広場は日の光で満たされている。だというのに、やはり深凪の背筋から悪寒は消えない。

「今のお前は、呪具の力を借りて最低限呪術師として振る舞えるだけのスペックがついているはずだ。何か感じたり視えたりしているんじゃないのか」

芝生を突っ切り、広場の中心に立った祀鶴は、サングラスを外すと深凪を睥睨する。そんな祀鶴の視線に答えるかのように、深凪の両腕に一本ずつ通された金と銀のバングルがチリチリと揺れた。

「あ……」

楓が見繕ってくれたこのバングルは、身につけた者に能力を付与してくれる呪具であるらしい。右腕に通された金の腕輪は霊気を蓄えており、これを身につけていれば無能力者でも呪術が扱えるようになるという。左腕の銀の腕輪は見鬼の力を与えてくれる物だそうだ。どちらも本来は傷病等で一時的にそれらの力を失った呪術師を補佐するための道具だという。

「え、あ……」

祀鶴の言葉を受けた深凪は、恐る恐る公園の中に視線を走らせた。だがやはり深凪の瞳には何も異常は見当たらない。少し強い風に落ち葉が巻き上げられているだけだ。

――いえ、あれは……

その風に目を凝らした深凪は、次の瞬間異変に気付く。

まるで、見えない何かが、落ち葉を巻き上げながらグルグルとこの広場の外周を走り回っているかのような。

舞い上がる落ち葉の動き方が、明らかに自然の風によるものではない。

あの風の頭には、姿を隠した何かがいる。

「……なるほど。『咲かずの櫻』か」

不意に、冷めた声が聞こえた。

その声にビクリと肩を跳ね上げた深凪は祀鶴を見上げる。祀鶴はずっと深凪に視線を注いでいたのだろう。感情が褪せた冷たい緋色の瞳と深凪の視線が真正面からかち合った。

「お前がそう言われる理由が、何となく分かったような気がする」

「え……」

何を、と思った瞬間、祀鶴は無造作に左腕を振り抜いていた。同時に何か重い物同士がぶつかり合ったかのような衝撃が深凪の背後に走る。

「今回の依頼は、最近この公園で頻発している怪異の討伐だ。錦野の人間はオカルト探偵よろしく、一般人からこういった依頼を受けて生計を立てているんだが、時折こういった『本物』が引っかかると、俺やきちんと腕がある呪術師が出張ることになる」

反射的に後ろを振り返ると、深凪を守るかのように舞い散る紅い燐光の向こうに、漆黒の影が渦巻いていた。落ち葉を巻き上げていた風の中に身を隠していた影は、祀鶴と深凪を敵と見なしたのか低く獣のような唸り声を上げている。

「朝十時頃から昼前、それと夕方四時頃から五時頃の一日二回。さみだれ公園中央広場に怪異は現れ、公園利用者を無差別に襲っている。幸い死人は出ていないが、突き飛ばされたり押し倒されたりした人間の中には多数の怪我人が出ている。骨折した人間も出たらしくてな。事態を看過できないと判断した管理会社が依頼を回してきた」

振り抜かれた祀鶴の左腕には、いつの間にか祀鶴の背丈と同じくらい大きさがありそうな大鎌が握られていた。死神が持つ大鎌のようなそれが飛びかかってきた怪異を払い、先程の衝撃を生んだのだろうと深凪は遅まきながら理解する。

夕焼けを落とし込んだかのような美しい緋色の大鎌を携えた祀鶴は、瞬時に紅に色を戻した髪を揺らしながら牽制するように刃の先を怪異へ向ける。

「で？　ここまで聞いてお前の感想は？」

「え？　あ、ぅ……」

祀鶴の視線はいつの間にか深凪から外されていた。今の祀鶴の視線は怪異に据えられている。

だというのに深凪は祀鶴から真っ直ぐに視線を向けられていた時よりも今の方が喉を締め上げられるような圧を感じていた。その圧に喉が干上がり、言葉は深凪の中からポロポロと崩れ落ちていく。

「……何も口にしないならば、『何も見えていない』と見なすぞ」

そんな祀鶴が、ボソリと低く呟いた。その声に深凪の肩がビクリと跳ねる。

実際、深凪には何も見えていない。怪異の正体を判別することもできていなければ、その背景を覚ることもできない。この場においてどのような策が有効であるのか考えることも、深凪にはできない。

深凪には何もできない。なぜなら深凪は無能力者で、世界の誰からも疎んじられている『咲かずの櫻』なのだから。

——見なすぞも何も、私は実際にそうでしかないのに。

祀鶴を見上げたまま小さく震えることしかできない深凪に、祀鶴が何を思ったのかは分からない。深凪に分かったのは祀鶴の唇から小さく溜め息がこぼれたことだけだった。

「錦野の『祓い』は、他の三家とは大きく違っている。……そのことは、知っているか？」

ヒョンッと、祀鶴が握った鎌が空を裂く。その瞬間、またバツンッと重たい衝撃音が響いた。思わず深凪が体を硬くして身を縮めると、祀鶴は深凪を庇うように一歩前へ踏み込む。

「他派の祓いは、あらゆる手段を以って怪異の元を打ち砕くことを言う。怪異の元となる怨霊や妖怪に呪術をぶつけ、押し潰したり切り刻んだりして元凶がヒトに害を為せないくらいに力を小さくすることを『祓い』と呼んでいる」

祀鶴の声に恐る恐る顔を上げると、祀鶴は器用に鎌を操り、突進を繰り返してくる怪異を打ち払っていた。大鎌と怪異がぶつかり合うたびに緋色の燐光が散る様は、まるで刃同士がぶつかり合って火花を散らしているかのようだった。

「錦野の祓いはそうではない。俺達は怪異を祓うための前段階……今しているこの行動を『解き』と呼ぶ」

深凪に向けて言葉を紡ぐ祀鶴は、決して己から前へ出ようとはしなかった。深凪を庇っているためではなく、あくまで怪異からの攻撃を受け切ることのみを目的として大鎌を振るっているように思える。それくらい祀鶴の鎌の扱い方には余裕があった。

「怨霊というものは、発生してしまった理由がそこに必ずある。怪異の元が妖怪であった場合は話が違ってくるが」

怨霊と妖怪は同じ怪異であるが、性質が若干異なっている。

ざっくり言ってしまうと、ヒトや動物の御霊が核となり、そこに妄執や負の感情が纏わりついて発生するのが怨霊で、自然界の負の気が凝り固まり、人の感情を経ずに生まれた怪異が妖怪だ。その違いから呪術師達の間では『怨霊が発生する時は必ずそこに原因があり、妖怪が発生した時はそこに特に理由はない』と言われる。その概念は錦野であっても同じであるらしい。

「怪異の元が怨霊であると判断した場合、俺達はまずその背景を探り、探り当てた背景を携えて現場に立つ。そのために表書きを『探偵業』としているくらいには、俺達はその基を大切にしている」

――あ。

祀鶴の背中越しに怪異の姿を垣間見た深凪は、怪異の変化に思わず目を丸くした。

影が、小さくなっていた。それだけではなく、靄の集まりのような姿をしていた怪異が輪郭を得てきている。

思ったよりも小さい。深凪も見知ったフォルムだ。

「柴犬？」

「正解」

もう一度怪異と祀鶴の鎌がぶつかる。その瞬間緋色の燐光が怪異を舐めるように取り巻いた。

次に地面を転がった時、怪異は完全に柴犬の姿になっていた。背景が透けて見えていなければ、ごくごく普通にその辺りを散歩していそうな、茶色い毛並みのごくありふれた柴犬だった。

「錦野が振るう鎌は、怪異から陰の気を取り除くための呪具だ。もちろん怪異の存在をこの世から断つ凶器としても使えるが、怪異の元とそれを蝕む瘴気を切り分けるために使えと錦野の術者達は教え込まれる」

陰の気を祓われた怪異……柴犬の霊は、心細そうに鳴き声を上げながら地面を掻いた。

そんな柴犬の霊を見つめた祀鶴は、スッとその場に片膝をつくと柴犬に向かって片手を差し伸べる。

「なるべく陰の気を取り払い、怨霊と化すまでに思い詰めた想いを浄化してやる。浄化が無理ならば、なるべく生前の姿に近付け、この鎌で首を落としてやる。そうすれば怪異は、楽土へ渡ることはできずとも、自然の中を巡る気の輪廻の中へ溶けていくことは許される。それが生命を刈り取る一族たる錦野が為す、御霊を浄化する祓い……『炎葬』だ」

祀鶴が差し伸べた手の中には、いつの間にかボールが握り込まれていた。ソフトボール大の、幼い子供が遊ぶような綿が詰められたボールだ。全体的に煤け、所々綿が飛び出しているそのボールを、祀鶴はそっと柴犬の方へ転がしてやる。

「あの柴犬は、老齢だった主人を庇って交通事故で死んでいる。この公園から出てすぐの所でな」

転がってきたボールに気付いた柴犬は、すぐにボールにじゃれついた。口にボールをくわえ芝生の上を転がる柴犬は、嬉しそうにブンブンと丸まった尻尾を振っている。

「飼い主はずっと、飼い犬であったあの柴犬を想いながら、この公園を散歩することを日課にしていたらしい。柴犬の方も、主が心配で、ずっとこの公園に留まっていたみたいでな。多分、飼い主には見えていなくても、二人がこの公園に揃っている間は、気持ちが通っていたんだろうよ。……その飼い主が、一ヶ月前に亡くなった」

無邪気に遊び始めた柴犬を呆然と見つめていた深凪は、その言葉に思わず祀鶴へ視線を引き戻した。柴犬を見つめたまま淡々と言葉をこぼす祀鶴の横顔に表情らしき表情はない。だからその横顔がどこか寂しげに見えたのは、深凪の目の錯覚なのだろう。

「急に姿を現さなくなった主が、心配で心配で堪らなかったんだろうな。己の身を、怨霊に堕としてしまうくらいに」

その言葉に深凪は静かに目を見開いた。

同時に、思い出す。

『幸い死人は出ていないが、突き飛ばされたり押し倒されたりした人間の中には多数の怪我人が出ている。骨折した人間も出たらしくてな、事態を看過できないと判断した管理会社が依頼を回してきた』

――怨霊になっていたはずなのに、喰われた人間はいなかった。犬が元になっていたのに、牙で襲われた人間も、爪でケガをした人間も、いなかった。

突き飛ばされたり押し倒されたりする人間ばかりだったのは、怪異の元となった柴犬が亡き飼い主を探していたからだったのか。あるいは飼い主に似た人間を見つけては喜んで飛びついていたのか。

怪異が発生するのが日に二回、決まった時間だったのは、恐らくその時間帯が散歩の時間だったからだろう。

祀鶴は恐らくそこまで調べ上げ、怪異の原因となったモノとその背景まで知った上でこの現場を訪れたのだ。

——あまりにも、違う。

祀鶴自身も言っていたが、そのやり方はあまりにも呪術師らしくなかった。櫻木家でも千華学園でも腕が立つ呪術師は何人も見てきた深凪だが、皆その払いは力と力のぶつかり合いで、ぶつける力がより相手に通りやすいようにいかに加工できるか、という所に皆の主眼は置かれていたように思える。

「錦野の華呪(かじゅ)である『華炎(かえん)』は、『炎葬』のさらに上を行く浄化の祓いの極意だ」

不意に、祀鶴が呟いた。

『『華炎』を用いれば、一度怨霊に堕ちた御霊でも、穢(けが)れを祓い、楽土へ送り出してやることができる。四季咲の中で最も怨霊討伐の技を研いできた錦野の、その精神を表す技だ」

その言葉に、深凪は我知らず限界まで目を瞠(みは)っていた。

「……え？」

「まぁ、限度はあるから、全ての御霊に使えるとは言えねぇけどな」

言葉を失う深凪の前で、祀鶴がスッと腰を上げる。

そんな祀鶴の前までポテポテと柴犬が歩を進めてきた。祀鶴の足元にボールを落とした柴犬は、祀鶴を見上げるとパタパタと尻尾を振る。

その様子に、祀鶴が少しだけ寂しさを溶かし込んだ笑みを浮かべた。

「なんだ？　もういいのか？」

祀鶴の問いかけに柴犬が一声鳴く。その声は深凪の耳には届かなかったが、柴犬が本当に嬉しそうにしていることは深凪にも伝わった。

「……じゃ、お前も、ご主人様の所に行こうな」

トンッと、祀鶴の大鎌の柄が静かに地面を突いた。

その瞬間、パッと視界を金と緋色の光が満たす。フワリと足元から湧き上がった風に、深凪の髪と衣服が揺れた。

『我は鍵の管理人　我は川の渡し守　我は此岸の裁定者』」

その風に乗せるように、祀鶴が朗々と呪歌を口にした。言霊の力が巡るその歌は、乱れ舞う燐光の中に心地よい熱を送り込む。

『傾く天秤を傾け返し　我は汝の行く道を寿ぐ』」

『ワンッ』

不意に、犬の鳴き声が聞こえた。ハッと視線を下げれば、燐光に姿を溶かしつつある柴犬が千切れんばかりに尻尾を振っている。

そんな柴犬に、一瞬フワリと祀鶴が優しく笑みかけた。

『華の炎を奏上し奉らん』」

　タンッともう一度、大鎌の柄が地面を叩く。その音に押し出されたかのように、湧き上がった風は場に満ちた燐光を巻き上げて空に昇っていった。秋の豊穣の色にも、穢れを焼き祓う炎の色にも似た燐光は、柴犬の姿を溶かし込んだまま空の中へ消えていく。

　サァッと涼やかな風が深凪の髪を揺らした時、すでにそこには何事もなかったかのように秋の公園の景色が広がっていた。心なしか空気が軽くなったように感じるのは、今の光景を見たせいだけではないだろう。

「……っ」

　──すごい。

　怨霊に堕ちた魂は、楽土へ渡ることを許されない。楽土へ渡れなかった魂は、輪廻の輪の中へ還っていけない。

　楽土へ渡れなかった魂は、陰を帯びていなければいつかは粉々に砕けてこの世界を巡る気の流れに溶けていくことができる。だが粉々に砕けてしまった魂に来世はない。ただの純粋な力の中に還るだけだ。

　怨霊に堕ちた上で数多の生命を喰らい、死気と瘴気を溜めに溜めた御霊は、その流れの中にさえ還っていけない。陰の気の塊となってしまった御霊は、粉々に砕かれた先でも暗い世界を転がり続け、いずれ生まれる新しい怨霊の糧となる。

　それが呪術師達の世界の『常識』だと、深凪は教えられた。

だが今祀鶴は、その技でその常識を覆してみせた。

怨霊に堕ちていたはずである御霊は無事に楽土へ渡っていった。きっと無事に来世を得ることができるだろう。

「……任務完了、だな」

そんな深凪の考えを肯定するかのように、公園内に視線を走らせていた祀鶴が低く呟いた。小さく息を吐いた祀鶴の肩から、最後まで残っていた緊張が解けて消える。

──祀鶴様にならば。

その様を無防備に見上げながら、深凪は心の中で小さく呟いた。

──討伐以上のことが、できる。

深凪を駆り立てるあの衝動が、ふわりと一段熱を強くしたような気がした。その熱に煽られたように、深凪は期待を込めて祀鶴を見上げる。

「祀づ……」

「お前」

だが祀鶴から返ってきた視線は、今まで以上にしんと冷えていた。

「なぜ、見えていたことを口にしなかった？」

「……え？」

「お前、この公園に足を踏み込んだ瞬間から顔色が悪かった。俺が問いを投げかけた時には、お前の視線はすでに怨霊が走る先を見つめていた。つまりお前は何かを感じ取り、何かを見ていたんだろうが。なぜお前は俺に問われた時、答えられる言葉があったのにそれを口にしなかった？」

祀鶴が深凪に向ける言葉にはずっと棘があった。だが今の言葉には棘だけではなく、明確に深凪を責める意思がある。

櫻木の人間が罵声を投げつけてくる時よりも、千華学園のクラスメイト達が嘲笑を投げつけてくる時よりも、ずっとずっと重たくて冷たい圧が、今の祀鶴からは向けられている。

「お前は、自分が無能力者であることを言い訳にしてうずくまり続けてきただけだ。変わることができる力を与えられ、環境を与えられても動き出さない。それがその証拠だ」

唐突に突きつけられた言葉に深凪は身を硬くしたまま息を詰める。本当は俯いてしまいたかったのにそれさえできなかったのは、淡々と言葉を紡ぐ祀鶴の目がそんな些細な逃げさえ深凪に許さなかったからだ。

「お前が『咲かずの櫻』と呼ばれてきたのは、お前が単に無能力者だからじゃない。お前が咲く努力をしてこなかったせいだ」

緋色の瞳に射すくめられたまま、さらに冷たい声に胸を貫かれる。

――そう、だ。

祀鶴の家で『黒の御方』を討伐したい理由を問われて答えられなかった時も感じた、心に突き刺さる冷たさ。

あの冷たさはきっと、図星を突かれたからこそ感じたものだ。深凪の本質を見ていない表面上の罵倒ではなくて、深凪の弱さを的確に見抜き、そこを感情から切り離した言葉で指摘されたから、あんなにも深凪の心に突き刺さったのだ。

ぼんやりと遠くにしかないと思ってきた心が己の胸の内にきちんとあったのだと、自覚させられたくらいに。

「で、でも……」

そう思った瞬間、深凪の唇から言葉がこぼれ落ちていた。

「私がいた場所は、努力を許される場所じゃ、なかった」

言い訳じみた言葉だったかもしれない。

だが溢(あふ)れ出(で)てきた言葉は、もう止まらなかった。これもまた初めてのことだった。

「努力の仕方なんて、誰も教えてくれなかった。何を言っても、何をしてもダメだと言われたなら、一体どうすれば良かったというのですか」

気付いた時には深凪の居場所は世界のどこにもなくて。深凪が何を言っても、何をしても、周囲は顔をしかめて深凪を罵倒するばかりだった。

あれもダメ、これもダメ、それもダメ。

動かないで。考えないで。何もしないで。息もしないで。存在もしないで。

そうやって否定に否定を重ねられて、否定で塗り固められて。

そんな深凪にできたことは、これ以上否定されないように小さく体を縮めて、耳を塞いで目を閉じてうずくまり続けることだけだったというのに。

──そう、私が自発的な死さえ選べなかったのは。

己で人生を終わらせた時でさえ、その行動を否定されると分かっていたから。だから死に逃げることさえできなくて。

「どうすれば良かったと言うのですか……っ！」

気付いた時には叫んでいた。こんなに大きな声で叫んだのは生まれて初めてで、たった一言叫んだだけで喉がヒリッと痛む。

「そんなの知らん。今までのお前の生活を俺は知らない。俺が言えるのはただ現状に対する文句と、俺の経験則からのアドバイスだけだ」

そんな激情を深凪は人生で初めて吐き出したというのに、祀鶴からの言葉は素っ気なかった。そのことに深凪は我知らず目元に力を込める。今は視界が眩しいわけでもないのに、自分の目元が険を帯びたと鏡を見なくても分かった。

「俺が言いたいことは、ただひとつ。今のお前は努力ができる場所にいるくせに努力をしていない。そのことが俺は面白くない。まずはここまでが『文句』だ」

対する祀鶴は、なぜかそんな深凪に笑みを向けていた。華織が深凪を嘲る時に向けてきた挑発的な笑みに似ているように見えるのに、今祀鶴が向けてくる笑みはどことなく何かが違うようにも思える。

「そしてここからが『アドバイス』だが。……お前が言う『努力を許されなかった場所』から抜け出すためには、それでもお前は努力しなければならない」

ふと、深凪は笑みに細められた祀鶴の瞳に、自分自身が映り込んでいることに気付いた。

——私。

こんな顔をしていたのか、と、こんな時なのに思う。

顔の印象が違って見えるのは、緋色の瞳の中に姿が映っているせいなのだろうか。それとも深凪が前髪を払って真っ直ぐに祀鶴を見上げているからなのだろうか。もしくはまともに鏡なんて見てこなかったせいで、元から自分の顔を正しく認識できていなかったのか。

「俺はそうしてきた。だから今ここにいる。錦野にいる人間は大抵がそういう人間だ。お前が置かれてきた境遇に同情はするが、それを理由に贔屓はしない」

祀鶴は笑みを深めると大鎌を握った左腕を軽く振った。たったそれだけの動きで大鎌はパッと緋色の燐光となって散っていく。

「逆に言うならば、錦野には努力する人間を笑わないという土壌がある。……大きな力と巡る縁によって生かされた自分達は、絶えず歩みを進めなければならない」

空になった左手をパーカーのポケットに入れた祀鶴は、サングラスを取り出すと顔にかけた。同時に髪はジワリと滲(にじ)んだ焦げ茶に染め上げられ、瞬きひとつの間に祀鶴の姿は一般人に擬態する。

「俺がお前を買った理由も、その努力のうちのひとつだ」

「え？」

一瞬、状況を忘れて鮮やかな擬態に目を奪われていた深凪は、思わぬ言葉に声を上げていた。そんな深凪に祀鶴はサングラス越しに視線を向ける。

「俺は、櫻木に奪われた錦野の奥義書『華炎』を取り戻したい。櫻木本家の唯一の生き残りとなったお前を手元に置けば、何か『華炎』に繋(つな)がるヒントが得られるかと考えたんだ」

「……え？　で、でも、祀鶴様はさっき『華炎』を使っていらっしゃったのでは……」

「技自体はかろうじて継承できた。ただ、奥義書はない。俺が継承する前に、櫻木家に奪われたからな」

「え？　ど、どうして」

「……お前、本当に呪術界のこと知らねぇのな」

祀鶴の瞳がサングラス越しでも分かるくらいに温度を下げた。またグサリと、その冷たさが深凪の心に刺さる。

「十一年前に起きた『櫻木の粛清』……お前、知らないのか？」

その言葉に深凪は大きく目を見開いた。

『櫻木の粛清』

それは錦野が呪術界から嫌厭されるに至った、あの事件に端を発する一件を指す名称ではなかっただろうか。

「錦野の呪術師が、些細な諍いから、他派の呪術師の命を、数多奪って……」

深凪はその事件の詳細を知らない。現代呪術史の授業で聞きかじった程度だ。だが錦野の呪術を振るって数多の術者の命を奪った術者を櫻木の人間が征伐し、さらにその所業に反発した錦野本家を櫻木が打ち破って一連の騒動が終結した流れから、一連の事件が『櫻木の粛清』と呼ばれていること自体は知っている。

「歴史は勝者によって書き換えられるっていういい例だよな」

震える声で紡いだ深凪の言葉を、祀鶴は嘲笑とともに一蹴した。

「表向きにはそうなっている。だが実際のところは、錦野の勢力を削ぎたかった櫻木家の画策による冤罪だ。その時に錦野は櫻木に奥義書の『華炎』を奪われている。以降、奥義書の『華炎』が錦野に戻ってきたことはない」

――知らなかった。

その言葉に、向けられた嘲笑に、祀鶴の周囲を取り巻く冷たさに、深凪の体はカタカタと小さく震え続ける。

だがそれでもう、深凪はうつむかなかった。

――私は、変わる努力を、しなければ、ならない。

心が自分の中にあることを知った。そこに冷たさが突き刺さるのは、図星を突かれているせいだということも分かった。

突き刺さった瞬間に痛みを覚えるのは、指摘された事柄に負い目を感じているからだ。

それを今、この瞬間に深凪は理解した。その負い目をなくすために努力をしろと祀鶴が言っているのだということは、無理やり理解させられた。

「戻ってきていないという『華炎』は、今も櫻木家にある、の、ですか？」

震える声を絞り出して、深凪は祀鶴に問いかけた。

そんな深凪に祀鶴が一瞬目を見開く。その様を見た深凪はさらに言葉を重ねた。

「祀鶴様は、『華炎』を取り戻すために、私に価値を感じたから。だから、あの時」

「そうだな。『華炎』の奪還は俺が当主を継承した時からの最優先事項。ついでに『華泉』が手に入り、おまけにそれが金がなくても買えるとなった瞬間、俺にこの取引を見逃す手はなかった」

――祀鶴様にとって価値があるのは、私についてくる諸権利。祀鶴様はそれを求めて、私との取引に応じられた。

取引とは、対価に差し出される物が魅力的であればあるほど円滑に回るものだ。

祀鶴が最も欲しているのは『華炎』奪還のための糸口。そのために祀鶴は『黒の御方』の討伐依頼を引き受けた。

祀鶴の反応から察するに、祀鶴は『華炎』の詳細な所在を知らない。それは深凪とて同じだ。

だがもしも、深凪が今置かれた状況で努力を重ね、その結果祀鶴に『華炎』を差し出すことができれば。それが成せるだけの可能性があると、祀鶴に思ってもらえれば。

——私は祀鶴様にとって、より好条件な取引相手でいられる？

仮にそれができなかったとしても、深凪が現場で役に立つ人間であることを早々に示せば、その分早く祀鶴は『黒の御方』討伐に動いてくれるかもしれない。祀鶴にとっての懸案事項のうちのひとつに『深凪は現場に連れていくと荷物になる無能力者である』ということは必ず入っているはずだ。

その印象を、払拭することができれば。

「……私、努力、します」

深凪は覚悟とともにその言葉を口にした。キュッと服の下のネックレスを握りしめれば、普段は感じない熱を手の中に感じる。

「して、みせます。だから、その暁には」

その熱に浮かされたように、深凪は衝動を吐き出した。

「祀鶴様の『華炎』で、碧様を楽土へ送って差し上げてください」

「取引は取引だ。お前が努力しようがしまいが、『黒の御方』の討伐は請け負うし、必要ならば『華炎』を使うこともやぶさかではない。だが」

一度、深凪の言葉に驚いたかのように瞳を見開いた祀鶴は、不意に手を伸ばすと深凪の頭に置いた。ポンポンッと優しく深凪の頭に触れた手は、深凪が何をされたのか理解するよりも早くスルリと引き戻される。

「お前がどこまでやれるのかは、個人的に見てみたくはあるな」

そのまま祀鶴は身を翻した。最後にチラリと垣間見えた顔には、冷たさも棘もない笑みが浮いていたように思える。

「……っ、はい！」

深凪は反射的に祀鶴の手が触れた頭を両手で押さえると、慌てて祀鶴の後を追いかける。

怪異が解決されたさみだれ公園には、秋の香りに満ちた冷たくも穏やかな風が吹き渡っていた。

【参】

「まず、力がある場所を感覚で捉えるんだ。それができたら、その場所から自分の中へ一度その力を引き込む」

ゆったりと落ち着いた声に導かれるように、深凪は瞼を閉じたまま己の感覚に集中した。

視界が閉ざされると、ポウッと己の右手首に温もりが宿っているのが分かる。その熱に意識を集中させると、フルリと解けた力はスルスルと深凪の腕を伝うように深凪の体の芯まで登ってくる。

「自分の中に器があるのを意識して。その中に満ちている自分の霊力と、引き込んだ力を器の中で混ぜ合わせるんだ。その力の本流を、呪歌に乗せて外へ吐き出す」

だがその感覚は、深凪が脳裏にイメージした器に力が流れ込んだ瞬間、スルリとどこかへ消えてしまった。まるで器の中に無限に水を吸収するスポンジでも仕込まれていたかのように力の流れが途絶えてしまう。

「……やっぱり途中でイメージが途切れる？」

そんな深凪の内心が眉間に寄ったシワで分かってしまったのだろう。

深凪が瞼を開くと、正面に座っていた楓が微苦笑を浮かべていた。ここ数日で見慣れてしまった表情に深凪は思わず体を縮こまらせる。今日も楓に結ってもらった髪が、そんな深凪の動きに合わせて微かに揺れた。

「申し訳、ありません……」

「謝んなくてもいいんだよ。失敗は誰にでもあることさね」

楓は軽やかに答えてくれるが、深凪は申し訳なさにさらに体を縮こまらせる。目深に被ったパーカーのフードがさらに深凪の頭に覆い被さり、宵闇が忍び込みつつある部屋の中で深凪の手元により濃い影を作り出した。

深凪がこの家で寝起きをするようになって、今日でちょうど一週間が経つ。その間深凪は主に楓を相手に呪術師としての感覚を養う特訓をしていた。

だがどれだけ楓の言う通りに感覚を研ぎ澄ましてみても、深凪は呪術の基本の『き』とも言える霊力の燐光さえ発現させることができずにいる。この一週間、ほぼつきっきりで特訓に付き合ってくれている楓に申し訳なさが募るばかりだった。

──楓様だって、色々とお忙しいでしょうに。

楓は千華学園大学医学部の五年生だと言っていた。学校に行かなくても大丈夫なのかとようやく昨日思い立って問いかけた所、『医学部は医学部でも、あたしは呪術医療専攻だからね。呪術師としての都合があれば、多少は融通が利くのさね』と軽やかに答えてくれた。

『それよりも、深凪はいいのかい？　学校、変わらずあるんだろう？』

逆にそう問い返された深凪は、言葉に詰まったまま結局答えることができなかった。問いを受けて固まってしまった深凪から、楓は何かを察してくれたのだろう。深凪が何かを言うよりも『まぁ、今は呪術界全体が揺れてる状態だから、安全な場所にいるっていうのも、賢い選択なのかもしれないけどね』と楓が言葉を結ぶ方が早かった。きっとその場に祀鶴がいたら、またあの冷たく突き刺さる言葉で深凪を追及してきたに違いない。

そんな祀鶴は、ほぼ毎日朝から夕方までどこかへ出掛けていく。朝と夕方の食事には変わらず顔を出しているが、昼食はいつも深凪と楓の二人きりだった。楓も所用で出掛けてしまうと、深凪はこの家で一人きりになる。

──私は、一刻も早く、使える人間にならないといけない。

そのことばかりが頭を占めて、正直他のことが何も考えられない状況だった。学校という存在も、己の身の安全についても、楓に言われるまで頭の中から抜け落ちていた。

己の価値を祀鶴に示して、早く『黒の御方』討伐の現場へ連れていってもらわなければ。

そうでなければ。

「うーん、それにしてもここまでとなると、もしかしたら深凪は何かしらの特殊体質っていう可能性も考えた方がいいのかもしれないね」

どうしても暗く傾く思考に引きずられるようにズルズルと深く俯いていた深凪は、ふと楓がこぼした声に顔を上げた。どういうことなのか、と楓を見上げると、楓は片手を顎の下に添えてジッと深凪を見つめている。その顔つきはどこか患者を診察する医者に近い雰囲気があった。

「霊力がないというのとは、ちょっと違うと思うのさね。もしかしたら深凪は、吸収体質なのかもしれないね」

「吸収体質？」

「呪術師っていうのはね、一般人に比べて霊力を溜めておく器が大きい人間のことを言うのさね。呪術を行使できるだけの霊力があるかどうかで呪術師と徒人は分けられているけれど、器があること自体は皆一緒なんだよ」

その話は深凪も聞いたことがあった。

霊力の器の大きさは、生まれながらに持ち合わせた資質で決まっている。努力で術のキレを上げることはできても、器の大きさを変えることはできない。一般的に大きな器を持つ強い術者からは同じく器が大きい子が生まれやすいと言われており、そのため呪術師同士の結婚は当人の才覚と血統が同じだけ重視されるという話だ。

「ただね、時折突発的に器の底が抜けてしまっている人間や、流れ込む力に合わせて器を無限に大きくできる体質を持った者が生まれてくるっていう事例が確認されていてね。器の底がないせいで無限に呪力を吸収できてしまう者を、どこの血に属しているのか関係なく『玉兎』、同じく器を無限に大きくできる者を『金烏』って呼ぶのさね」

「そんな、人が……」

初めて聞く話に深凪は目を丸くした。

櫻木家の中枢で暮らし、千華学園にも在席している深凪の周囲には、意図して耳をそばだてていなくても呪術界の話題が飛び交っていた。呪術を一切使えない身ではあるものの、一般呪術師として必要な知識くらいは深凪の頭にも入っている。

だが『玉兎』や『金烏』という単語は記憶のどこをさらっても見つからない。

『玉兎』も『金烏』も、百年に一人くらいの確率でしか生まれてこないって話だからね。おまけに『玉兎』は生きる守り呪具として、『金烏』は生きる守り刀として、発見され次第宵宮家に召し抱えられてしまうって噂さね。深凪が知らなくても当然の話だよ」

「では、なぜ楓様は……？」

「あたしは大学の講義の一環で聞いたっていうのと……錦野は宵宮の護衛部隊として、代々腕利きが召し抱えられてきたからね。その筋からちょっと聞いたことがあったのさね」

話が逸れたね、と楓は軽やかに話を打ち切った。もしかしたら錦野と宵宮の繋がりについてはあまり触れられたくない話題だったのかもしれない。

「深凪の体質が『玉兎』寄り……呪力を吸うだけ吸って溜めておけない体質であるならば、何かしら方向転換を考えないといけないね」

何しろ呪術というものは、器に霊力が溜まっていなければ行使することができない。深凪が霊力を一切溜めておけない体質であるならば、いくら特訓しても意味などないということになる。

「あ、あの……」

どうしたもんかねぇ、と考え込む楓に、深凪はおずおずと声をかけた。深凪の細い声にも敏感に反応してくれる楓は、今回も深凪の声を聞き漏らすことなく顔を上げてくれる。

「先程、『玉兎』は、生きる守り呪具として、宵宮家に召し抱えられると、仰っていらっしゃいましたが……」

「うん」

「つまり、主を攻撃から守る、壁になれると、いうこと……ですか？」

「深凪、言っとくけど、それは本当に『玉兎』であったら、という話だからね？」

不意に楓の顔つきが鋭くなる。初めて楓が見せた厳しい表情に深凪は思わず怯んだ。

だが深凪はグッと奥歯を噛み締めてからソロリと口を開く。

「それは、承知しています。……でも、何か、参考にできることが、あればと」

珍しく喰い下がった深凪を楓はしばらく無言で見据えていた。ツイッと瞳をすがめて深凪を見つめる目つきは、祀鶴が深凪に向ける目によく似ている。

「……『玉兎』は、無限に霊力を吸収できる。器に霊力が溜まらないというだけではなくて、『玉兎』は意図して周囲から霊力を吸い上げることができるんだ。それも、そこらに自然に溢れている霊気を吸い上げられるってだけじゃない。向けられた術を吸い込んで無効化することも、妖怪や怨霊の瘴気を吸い取って無害化することも、訓練を積んだ『玉兎』は為すことができるって噂さね」

静かな睨み合いに折れたのは楓の方だった。瞳をすがめたまま静かに瞼を閉じた楓は淡々と言葉を紡ぐ。

「ただしその行為は『玉兎』の寿命を削る。瘴気はそもそもヒトの体とは相容れないものだし、器の底が抜けているとはいえ、穴は一定で器の縁は他の人間同様にあるんだ。霊気であれ、瘴気であれ、呪力であれ、抜けていく以上の力を注ぎ込まれれば『玉兎』だって器が壊れてヒトじゃなくなる」

呪術師は、己の器に受け切れる以上の霊力を器に注がれてしまうと、器が壊れて生きながらにヒトではなくなるという。妖怪に化けるか、怨霊に堕ちるかはその時々によるそうだ。

通常の人間とは異なる器を持つ『玉兎』であってもそれは同じだと楓は語った。

『玉兎』の確認事例があまりにもなさすぎるのは、そうやって『玉兎』が使い潰されていくせいだってのが、あたしの聞いたことがある噂さね」

ただでさえ稀な『玉兎』は、存在を確認され次第宵宮家に召し抱えられる。そこで訓練を積んだ『玉兎』は、宵宮家を守るために生きた盾にされるということなのだろう。宵宮家に向けられる呪術的な攻撃を無効化し続け、襲い来る怨霊や妖怪を迎え討ち続け、壊れて果てる時まで使い続けられるのが『玉兎』の宿命ということだ。

確かに呪具の中には所有者へ向けられた呪詛や攻撃を無効化する、という機能を持った物もあったはずだ。『玉兎』は生身でそれを為し、さらにその効力は並の呪具よりも上、というのが楓からの話を聞いた深凪の印象だった。

――もしも仮に、私の体質が『玉兎』に近いものであるならば。

似たようなことが、深凪にもできるのかもしれない。呪術師として技を振るうことはできなくても、祀鶴の守り呪具として、役に立つことはできるかもしれない。

そうでなくても深凪が己に向けられる呪術的脅威を全て無効化することができると証明できれば、深凪を現場に立たせても大丈夫だと祀鶴は判断してくれるだろう。そうなればより一層早く、祀鶴は『黒の御方』討伐に動いてくれるかもしれない。

――私は、誰にも生存を望まれていない。

万が一深凪が失敗して深凪の器が壊れることになっても、深凪の死を悲しむ人間は世界のどこにもいない。もしも深凪が怨霊や妖怪に堕ちたら祀鶴達の手を煩わせることにはなるかもしれないが、祀鶴が腕利きであることは先日同行した現場を見ているから知っている。きっと上手く取り計らってくれることだろう。

――呪術を扱うことはできなかったけれど、力の流れを私の中へ引き込む感覚は、楓様との特訓で摑むことができた。

だからきっと、今の深凪にならば呪力の無効化はできる。試してみる価値は十分にある。

「つまり深凪、何が言いたいかっていうとね。『玉兎』に似せた器の使い方をするのは危なすぎるってことさね。私が軽く見立てて思いつきで言っただけで、深凪の器が本当にそうであるのかだって分からないんだ。無鉄砲な行動は控えるんだよ？　いいね？」

そんなことを考えていると、距離を詰めた楓が両手を深凪の肩に置いてグッと顔を近付けてきた。間近で楓に覗き込まれた深凪は、シパ、シパ、と目を瞬かせるとコクリと頷く。そんな深凪の両手は首からかかるネックレスの先を握りしめていた。

「はい。……お話ししてくださって、ありがとうございました」

感情というものがそもそも遠い場所にある深凪は、顔に表情が浮くこと自体が珍しいはずだ。今の深凪が心の内に新たな決意を抱いていても、それは決して顔には出ていないはずである。

だというのになぜか楓は厳しい表情を崩さなかった。それどころか楓の眉尻はキリキリと厳しく吊り上がっていく。

「……ちょっと深凪、本当に分かったんだろうね？」

「はい」

念を押してくる楓に、深凪はさらにコクリと頷く。だが相変わらず楓の厳しい表情は崩れない。

——何をそんなに念を押すことがあるのでしょう？

深凪は思わず内心だけで首を傾げる。

その瞬間、玄関の引き戸が開く音が聞こえてきた。その音に反射的に深凪は土壁の向こう……玄関がある方向へ首を巡らせる。

楓と深凪がこの部屋にいて、来客でもないとすれば、今玄関の引き戸を開けたのは祀鶴ということになる。そういえば祀鶴はしばらく前に帰宅してからもう一度出掛けていったはずだ。楓と祀鶴の短いやり取りの中から仕事の打ち合わせに出ていたのだろうということは何となく察しがついている。

「楓、悪ぃな、ちょっといいか？」

トットットッと気忙しく廊下を進んできた足音は、深凪達がいる部屋の前で止まった。わざわざ襖をトントン、と鳴らしてから掛けられた声は、予想通り祀鶴のものである。

「開けても大丈夫さね、祀鶴」

「おう」

律儀に楓の返答を待ってから静かに襖は開かれた。

普段はどことなく荒っぽさが滲む祀鶴なのに、要所要所で祀鶴は紳士だ。その所作はどことなく楓と似通った所がある。もしかしたら錦野派の家に共通した躾でもあるのかもしれない。

「お帰り、祀鶴。早かったね」

「お、お帰りなさいませ」

「おう、ただいま」

何気ない挨拶を欠かさないのも二人の共通点だ。おかげで深凪も今まで口にしてこなかった日常の挨拶をぎこちなく口にすることができるようになってきた。

――たったそれだけで、同じ空間にいることを、許してもらえていると、錯覚してしまいそうになります。

「楓、頼みがある」

そんなことをぼんやりと思う深凪の視線の先で、祀鶴が楓に向かって口を開いた。

「何さね」

「急なんだが、今晩仕事が入った。現場まで距離があるから車を出してほしい。頼めるか？」

「今晩？　大丈夫だけども、随分急だね。仕込みは大丈夫なのかい？」

「下調べは葛村(くずむら)さん達がしてきた。話を聞いた限り、何とかできるとは思うがあまり時間がない」

襖は開けたものの中には踏み込まないまま祀鶴が手短に事情を説明する。そんな祀鶴に座ったまま向き直った楓は、驚きに目を丸くした後心配を顔に浮かべた。

「今回は完全に解き切ることは難しそうだ。恐らく、力技で首を落とすことになる」

祀鶴は現場仕事に同行者を連れていかないという話だったが、現場が遠いと送迎を誰かに頼むのが常であるらしい。詳しい事情は知らないが、祀鶴は己で車を運転しない主義のようだ。大体楓がその送迎役を引き受けているようだが、都合が合わなかったり危険がともなう現場であったりすると錦野の他の呪術師に連絡が行くのだという。

「とりあえず、急は要するが、即急に対処できれば俺一人でも対応できるはずだ。晩飯食べ終わった後にでも」

「あ、あのっ！」

深凪は思い切って声を上げた。自主的に声を上げることさえ稀な深凪が言葉を遮ってまで強く声を張ったことに驚いたのか、楓も祀鶴も言葉を飲み込むと深凪に視線を注ぐ。

「今日の現場に、私も連れていってもらえないでしょうか？」

「深凪!?」

深凪の発言に楓がギョッと目を剝(む)いた。一方祀鶴は虚を衝(つ)かれたかのように目を見開いている。

「わ、私、この間の現場で、何の役にも立てませんでした。自分で、踏み出す努力を、できませんでした」

キョトンと目を丸くした祀鶴は、常よりもどこか幼く見えた。そんな祀鶴に体ごと向き直り、深凪は必死に言い募る。

「私、この一週間、努力、しました。その成果を、見ていただきたいのです」

「ちょっと、深凪！　今日の現場はこの間の現場より多分危ない……っ」

「……いいんじゃねぇか？」

「祀鶴!?」

先程のやり取りから何かを察しているのか、楓は必死に深凪を引き留めようとする。だが楓が深凪の説得に乗り出すよりも、祀鶴があっさり同行の許可を出す方が早かった。深凪と楓、両方からの視線を受けた祀鶴は、手にしていたスマホでトントンと肩を叩きながら口を開く。

「やる気があるのはいいことだろ。やってみたいと言うならば場は与えねぇとな」

「祀鶴、でも……っ！」

「『黒の御方』討伐の現場は恐らく苛烈を極める。荒事の現場も知っといた方が役に立つ」

そう言われてしまうと楓も反論ができないようだった。グッと押し黙った楓はそれでも不満そうな顔で祀鶴を見上げている。

そんな楓からの視線を振り切るように身を翻した祀鶴は、ヒラヒラとスマホを振りながら指示を出した。

「夕飯食い終わったら出る。それぞれ用意しておくように」

「はい！」

「……はぁ、分かったよ」

――私にやれることを、示す。

ネックレスに添えた手にキュッと力を込める。

手の中に握りしめられた翡翠(ひすい)は、チリチリと深凪をあぶるような熱を帯びているような気がした。

◆◆◆

今度の現場は、昔ながらの商店街だった。

夜だからシャッターが閉まっているというわけではなく、恐らく昼間も人が寄りつかないシャッター街なのだろう。アーケードで覆われた空間は空気が澱(よど)み、今宵(こよい)の闇をさらに暗く濁らせているような気がした。

「今回の依頼は、この平町商店街に出没している怪異の討伐だ」

少し離れた場所で楓が運転する車から降りた祀鶴は、特に気負うこともなくアーケード街に踏み込んだ。その一歩半ほど後ろに深凪も続く。

「ひと月ほど前から、この周辺で行方不明者が続発している。その数、計八人。内訳としては買い物客が五人、従業員や店主が二人、学校帰りの通り抜けに使ったとみられる小学生が一人」

街灯が切れたまま放置されているのか、ジジッ、ジジッと明滅する照明が所々にあるだけで視界は悪い。

周囲の視線を気にしなくていいからなのか、今宵の祀鶴は紅髪のままだった。深凪もお守りのように祀鶴のパーカーを着込んでいるが、フードは被っていない。

――陰気な所ではあるけれど……今の所、これと言って異常は見られませんね。

深凪の目には心地よい暗闇だった。キョロキョロと周囲に視線を走らせながら、深凪は祀鶴の言葉に耳を傾ける。

ここに来る前に右腕に通していた金のバングルは外してきたが、左腕には見鬼を補佐してくれる銀のバングルが変わらずかかっている。深凪が『視たい』と信じて目を開けば、深凪の目にも怪異は映るはずだ。

「調査に入っていた錦野の仲間が、ここに地縛されている怨霊の気配を探り当てたのが昨日のことだ。結界術による探査だけで正面から姿を見たわけではないが、陰の気の凝り固まり具合から言って恐らくその怨霊はすでに複数人のヒトを喰らっている」

「行方不明になった方は、皆、怨霊に、喰われた、と？」

「そう考えるのが妥当だと思っている」

「なぜ、その怨霊は、発生したの、です、か？」

「最初の行方不明者が出る一週間ほど前、平町商店街に入っている飲食店で、店主の女性が首を吊って亡くなっているのが発見された。仲間の調査によるとその女性は、男に騙されて財産を巻き上げられたらしい。店の権利ごとな」

淡々とした声に深凪は祀鶴を見上げた。前だけを見据えた祀鶴の瞳が、わずかにすがめられる。

「今は亡き父親から引き継いだ店を、詐欺に掛けられた結果手放さなければならなくなった店主は、絶望から首を括った。怨霊に堕ちた後も、その執着から店に地縛されているというのが調査の結果出された推察だな」

「……？　おかしく、ない、ですか？」

祀鶴の説明に耳を傾け、必死に思考回路を回した深凪は、腑に落ちない部分を見つけて口を開いた。そんな深凪に祀鶴がチラリと視線を投げる。

「だ、だって、その怨霊は、店に、縛られている、のです、よね？」

その視線の意味を『言ってみろ』だと解釈した深凪は、震える声で必死に言い募った。

「行方不明者がみんな、その店を、訪れたのですか？　八人も……大人も、子供も、商店街の関係者も、お客様も？」

地縛とは、怨霊や妖怪が何らかの理由でその場所に縛られ、行動範囲を制限されている状態のことを言う。その『縛り』が怨霊自体の執着によるものなのか、はたまた外から封印されていたり他に要因があったりするのかは時々によって異なるが、今回の場合は元になった人間の店への執着が怨霊を店に縛り付けているということだろう。

つまり今回の場合は、行方不明になった人間の方が自主的に店を訪れない限り、ヒトが怨霊に襲われるという状況は発生しないはずなのだ。怨霊が平町商店街という大きな括りで縛られているならばまだ偶々運悪く遭遇してしまったという状況も理解できるが、一店舗に縛られた怨霊の元に八人もの人間が偶々訪れたとは考えにくい。

「気付いたか。変わる努力をしたというのは、ハッタリじゃなかったんだな」

深凪の言葉に祀鶴が笑みを閃かせる。そんな祀鶴に目を瞬かせていると、祀鶴はさらに言葉を続けた。

「その部分は錦野の調査員も気になって調べてみたらしい。と言っても、結界での探査結果から即急に手を打った方がいいと分かっていたから、軽くしか調べることはできなかったらしいが」

不意に、祀鶴が左腕を無造作に振り抜く。その軌跡に緋色の燐光が舞い、祀鶴の呪具である大鎌が姿を現した。

「何でもその店、今新手の心霊スポットとして、オカルトマニアの間で騒がれているらしい」

「え？」

「つまり、買い物客や従業員と言いつつ、実態はただのバカどもだったっつー話だな。全員がそうかどうかは分からんが、お化け屋敷感覚でここに押しかけてきてる人間がいるってことだ」

祀鶴は足を止めると大鎌の柄の先をカンッと地面に打ち付けた。深凪が祀鶴の視線の先を追うと、そこには看板が傾いた中華飯店が建っている。

「おばけ、やしき？」

直近で人が亡くなっている場所をそんな風に呼び、面白半分で訪れる人間の気持ちが深凪には分からなかった。

理不尽な人間も残酷な人間も散々見てきた深凪だが、人の死を娯楽のように扱う人間には今まで遭遇したことがない。ヒトが人生を終えた後の姿を知り、日々道を外した御霊に対峙している呪術師達は、ある意味徒人よりも死に対して真摯なのかもしれない。

「ああ。俺もそんな考え方、理解できない」

深凪の震える声から、そこに乗った感情が汲み取れたのだろう。照明が二度と灯ることのない看板を見上げた祀鶴が、言葉尻に怒りを混ぜたような気がした。

「そんな噂に乗っかってくるバカどもも気に入らねぇが。……一番気になるのは、誰かがその噂を撒き散らし、ここに人が集まるように仕向けてるってことだな」

思わぬ言葉に深凪は弾かれたように祀鶴を見上げた。対する祀鶴は看板を見上げたまま言葉を続ける。

「怨霊が発生したと考えられる時期に対して、噂の広まるスピードが早すぎる。その手の掲示板に片っ端からここのことが書き込まれたらしいが、その速さが明らかに不自然だ。まるで誰かが怨霊にせっせと餌をやっているかのように思えるくらいには」

怨霊に、餌をやる。

その言葉に深凪の背筋がゾッと冷えた。言葉の禍々しさに歯の根まで震え始める。

「つ、つまり、それって……」

前に進んだことのアピールのためというよりも、ただその寒気を吐き出したくて深凪は唇を開いた。

「だ、誰か……黒幕が、いて。……ここに縛られた御霊を、より強力な、怨霊に、仕立てて……？」

「そうだな。……その詐欺師の男からしてグルだったという可能性もある」

「っ……！」

信じられない、というよりも、信じたくない。

──だって、それって……

怨霊という存在を知り、関わることができるのは、呪術師だけだ。祀鶴の推測が正しいならば、怨霊を祓い人々を守るために存在しているはずである呪術師が、怨霊を生み、人々を害していることになる。

「だからこそ、即急な対処が必要だ」

祀鶴は静かに言い切るともう一度大鎌の先をささくれだった煉瓦畳の上に落とした。その瞬間キンッと耳鳴りが響き、地面に黄金と緋色の燐光が走る。

「これ以上ヒトが喰われる前に。……これ以上、憐れな御霊が穢れを帯びる前に」

燐光は目の前の中華飯店とその前に立つ深凪達を取り囲むように走ると光の壁を立ち上げた。特定の範囲を世界から切り取り、円滑に祓いを進められるように祀鶴が結界を展開したのだろう。呪歌もなく瞬時に結界を展開した手際から察するに、祀鶴は『炎葬』以外の呪術においても並より優れた手腕を持ち合わせているらしい。

「この先はこの間の現場と比べようもない危険地帯だ。これはテストなんかじゃねぇ。そこんトコ頭にキッチリ入れて腹括れ。覚悟ができたら突っ込むぞ。覚悟ができねぇならお前は結界の外に出ろ」

祀鶴の言葉に深凪は空唾を飲み込んでから キッと中華飯店の入口を見据えた。キュッと服の下に下げたネックレスを握りしめれば、深凪を励ますかのように翡翠のネックレスは熱を帯びる。

──大丈夫。やれる。

「……行けます」

スッと息を吸い込み、覚悟とともに言葉を吐き出す。

その返答だけで深凪の覚悟は伝わったのか、祀鶴は軽く頷くと無造作に前へ踏み込んだ。祀鶴の手が入口のドアにかかり、外開きの扉を大きく引き開ける。

店内は外以上に暗く重い闇が蔓延っていた。入口近くのフロアに丸テーブルや椅子が置かれたままになっている様がぼんやりと見えているが、数歩中に踏み込んだ先は深淵の闇に沈んでいる。

──寒い。

その闇の中に不自然な冷気と不快な湿気を感じた深凪は思わず全身を震わせた。ドアを開いた瞬間流れ出てきた冷気と湿気は、櫻木の屋敷で『黒の御方』に遭遇した時にも感じたものだ。

「……います」

その感覚を飲み込まず、深凪は小さく声に出した。答えるように祀鶴は小さく顎を引く。

『焔火よ』

祀鶴は店内を真っ直ぐに見据えたまま小さく囁いた。その声に答えるかのようにポッと小さな炎が灯り、祀鶴の周囲を舞う。

祀鶴はドアを足で押さえたまま右手をスイッと軽く振った。その手の動きに命じられたかのように、祀鶴の周囲に現れた小さな炎がフワリと店の中に滑り込む。途中で数を増やしながらフワリフワリと店の中を漂う灯火のおかげで、店の中がぼんやりと見通せるようになった。

「……怪異の姿は、見えませんね」

「気配はある。油断するな」

手前には丸テーブルと、丸テーブルを囲うように配置された椅子。奥には出入口と対面する形で厨房と、その周囲を囲うようにカウンター席が配置されていた。停滞した埃っぽい空気からここがすでに死んでしまった空間だということは分かるが、それ以上の明らかな異変は深凪の目には映らない。

そう思った、次の瞬間だった。

「えっ？」

不意に、厨房の暗がりから吐き出されるかのように何かがフロアに転がり出てきた。従業員が厨房とフロアを行き来するために取り付けられたスイングドアを内側から押し開けるかのように転がり出てきた影は、人の姿をしているが明らかに背丈が小さい。

その背中に黒い何かがへばりついているように見えた深凪は必死に人影に目を凝らす。

そしてその黒い何かの正体が分かった瞬間、深凪は祀鶴の脇をすり抜けて前へ飛び出していた。

「!? おいっ!」

「子供です、祀鶴様!」

小さな人影の背中にあったのは、黒いランドセルだった。気付いてよく見てみれば、人影がまだあどけない顔立ちをした少年だということが分かる。

『ひと月ほど前から、この周辺で行方不明者が続発している。その数、計八人。内訳としては買い物客が五人、従業員や店主が二人、学校帰りの通り抜けに使ったとみられる小学生が一人』

祀鶴は被害者についてそう語っていた。ならばこの少年は行方不明になっていた小学生と見て間違いない。

「なっ!? 生きてたのかっ!?」

テーブルを避けて少年に駆け寄った深凪は膝をつくと少年の体を抱き上げる。グッタリとした少年に意識はなく、触れた体は氷のように冷たい。だが顔の前に手をかざしてみると微かに息をしていることは分かった。

「息をしています。無事なようです」

深凪は少年の体に触れたまま祀鶴を振り返る。

その瞬間、背筋にゾワリと強烈な悪寒が走った。同時に、苛烈な声が耳を叩く。

「深凪っ！」

「っ！」

バツンッとすぐ目の前で弾けた衝撃に深凪は思わず片腕で顔を庇った。同時に背後から回された腕がグイッと深凪の体を後ろへ引き下げる。ハッと我に返って背後を見やると、祀鶴が深凪の腹に回した右腕一本で深凪の体を抱きかかえて後ろへ飛び退った所だった。

「チッ！　撒き餌だったのかよ、今のは！」

祀鶴の視線は店の奥へ向けられていた。凍り付いた首を無理やり動かして祀鶴の視線の先を追えば、闇が凝った先に何か大きなモノが蠢いているのが分かる。

祀鶴は深凪の体から腕を離すとパチンッと指を鳴らした。その合図を受けた灯火が伸び上がるように勢いを増す。

闇が払われた先にあった姿を目にした深凪は、鋭く息を呑んだまま身を硬くした。

首が長く伸びた、かろうじて人の形をしていると分かるモノだった。頭部がバサバサと広がる髪に覆われていて、目鼻立ちはうかがえない。首と腕と脚の長さが同じになっているのか、頭と両腕と両脚で体を支えて立つ様は、人が土下座をしているようにも、カニや蜘蛛（くも）が立っているようにも見える。

『イッ……イッラッジャ、マッ、シェェェ！』

金切り声で叫ぶ怨霊の足元には、深凪の腕から転がり落ちた少年が横たわっていた。祀鶴に助けられていなければ、今頃深凪も同じ場所でうずくまることになっていただろう。

——撒き餌って、まさか、そういう……

「っ！」

怨霊がブンッと頭を振る。その瞬間伸びた髪が祀鶴を襲った。大鎌を構えた祀鶴は無駄のない動きでその髪を切り飛ばす。夕日を溶かし込んだかのような大鎌の刃は色の通りに炎の気を帯びているのか、怨霊の髪は切り飛ばされた端から炎に巻かれて消えていく。

「『その穢れを祓い給え（たま）』！」

深凪を背中に庇（かば）った祀鶴は右腕を真っ直ぐに怨霊に向かって伸ばすと上から下へ指を振り下ろす。その動きを合図に、周囲を漂っていた灯火達は寄り集まると隕石（いんせき）が落ちるかのように怨霊の背中へ突き刺さった。瞬時に燃え上がった業火は怨霊の体を包み込むように広がっていく。その痛みに抗（あらが）うかのように怨霊が身をよじり、言葉では形容できない叫びを上げた。

「っ、祀鶴様っ！」

その様を見た深凪は思わず祀鶴の右腕にすがっていた。祀鶴の視線がキッと深凪に飛ぶが、それに構わず深凪は声を張る。

「まだあの子が……っ！」

「諦めろ、手遅れだ！」

「そんな……っ！」

あの少年は息をしていた。まだ助けられるはずだと深凪は視線で訴える。だが祀鶴からは否の言葉しか返ってこない。

「今は息があってもあれだけ陰の気にさらされてたんだ！　もう命を保てるほどの精気は残っていない。助け出しても体に染み付いた怨霊の瘴気に蝕まれてのたうち回って死ぬだけだっ！」

祀鶴の言葉に深凪は息を詰める。叫んだ祀鶴自身も、一瞬痛ましげに顔を歪めた。

「今やんなきゃ、あの子供の御霊もどのみち堕ちる。これ以上怨霊を増やさないためには、纏めて焚き上げるしかねぇんだよ！」

「……っ」

──祀鶴様も、本当は助けたいんだ。

その表情に、血を吐くような叫びに、深凪は祀鶴の心の内を見た。

助けられるものならば助けたい。だが呪術師……その中でも『炎葬』を担う錦野の呪術師である祀鶴は、助けた所でその先に救いがないことを知っている。ならばせめて苦しみが少ない道を、というのが祀鶴なりの優しさなのだろう。

深凪は無意識のうちに胸元の服ごと翡翠のネックレスを握りしめていた。

——でも、助けたくて。あの子はまだ、生きていて。

——だって、あの子にはきっと、帰る家があって。帰ることを待っている家族が、いて。

行方不明、と世間に認知されているということは、誰かが警察に捜索願を出していたということで。つまりは誰かがあの子を必死に捜しているということで。

なくしてしまっていい命では、ないのに。どれだけ状況が逼迫（ひっぱく）していても、それは変わらないはずなのに。

——私に、なら。

怨霊の体全体が炎に包まれ、崩れ始める。変わらず怨霊の足元に転がされている少年の上に、いつあの業火が降りかかるかも分からない。

——私が、本当に、吸収体質であるならば。

少年の身に染み付いているという陰の気を、深凪へ移し変えるということも、できるのではないだろうか。

——私の命で、あの子を家に帰してあげられるならば。

「おいっ！」

気付いた瞬間、足は前に出ていた。スルリと祀鶴の腕の下をすり抜けて前へ出た深凪は、姿勢を低く保ったまま燃え盛る業火に向かって飛び込んでいく。

「っ！」

——周りに溢れている力を、私の中へ引き込む！

祀鶴が召喚した炎も、怨霊から放たれる瘴気も、纏めて『力』として捉えて己の中に引き込む。楓と訓練を繰り返した時と同じように己の中にある器へ引き込むイメージで力を動かすと、面白いくらいに深凪の周囲からは炎も瘴気も消えていく。

深凪はそのまま頭から少年の元へ突っ込むように走ると、転びそうになりながら少年の体を抱き上げた。そのまま頭から地面に転がり込むように怨霊の体の下を通り抜け、背中で厨房へのスイングドアを割るようにして奥の空間へ飛び込む。

「深凪っ！」

「祀鶴様っ！　私は大丈夫ですっ！　私の力で、この子から陰の気も吸い出しますっ！」

腕の中に抱き込んだ少年へ意識を集中させながら、深凪は祀鶴に向かって叫んだ。深凪がいる場所からは祀鶴の様子も怨霊の様子も分からないが、突然動いた深凪に気を取られて祀鶴の注意が怨霊から逸れていることは分かる。

「祀鶴様は、怨霊の浄化を！」

「……チッ！」

恐らく、鋭く響いた舌打ちは肯定であるはずだ。

——大丈夫、私にならできる。さっきだって上手くやれた。

深凪は意識を祀鶴と怨霊から切り離すと腕の中に抱き込んだ少年に集中させた。目を閉じて意識を凝らすと、少年の中をゾロリと這う陰の気の存在がよく分かる。

——流れを意識して、私の器の中へ引き込む。

その冷たい力へ、深凪は意識を凝らした。少年の体に潜んだ陰の気はしばらく変わることなく少年の中を巡っていたが、根気強く待つとスルリと少年を抱きしめる深凪の腕を這うようにして深凪の中へ忍び込んでくる。氷のような冷たさに反射的に拒絶したくなるその力を、深凪は意識して体の中へ引き込んだ。深凪の霊力の器に流れ込んだ冷気は、そのまま器に溜まることなくスルスルとどこかへ抜けていく。

——そう、あとちょっと。もう少しだけ。

「『華の炎を奏上し奉らん』！」

少年の体から冷気が抜けきるのと、背後で祀鶴の裂帛の気合が炸裂するのは同じタイミングだった。パッと視界が一瞬明るくなり、次の瞬間には一点に凝った炎が御霊を抱いたまま空へ昇っていく。

はっ、と深凪が詰めていた息を吐き出した瞬間、クラリと意識が揺れた。体が芯から震えて寒気が止まらない。

「はっ……はっ……はっ……」

浅く呼吸を繰り返しながら、深凪はその寒気に耐える。そっと腕に抱えた少年に視線を落とすと、少年の顔には微かに血の気が戻ってきていた。合わせて呼吸が深くなったせいか、今の少年はただ眠っているだけのようにも見える。

——助かった、の、ですよね？

「深凪！」

少年に視線を注いだまま、深凪はほっと息をつく。

その瞬間、頭上から緊迫した祀鶴の声が降ってきた。

「無事かっ⁉」

「祀鶴様」

顔をあおのけると祀鶴がカウンターの上から身を乗り出していた。深凪が見ている間にヒラリとカウンターを飛び越えてきた祀鶴は、深凪の傍らに膝をつくと深凪の肩に手を添える。

「ケガはないかっ⁉　寒気とか、嘔吐感とか……！」

——何をそこまで焦っているのでしょうか？

今まで見たことがない祀鶴の焦燥に満ちた表情に深凪は内心だけで首を傾げる。

それから『祀鶴は自分の吸収体質について何も知らないのだ』と思い出した深凪は、腕の中に抱えた少年を慌てて祀鶴へ差し出した。

「ある程度私の方へ吸収できたと思うのですが、専門の方に浄化してもらった方が……」

「違う、俺はお前自身について訊いているんだ！」

だが祀鶴の視線は差し出された少年には一切向けられない。

「なぜあんな危険な真似をした？　お前が死んでいたっておかしくない状況だったんだぞ！」

祀鶴の目は、真っ直ぐに深凪だけを見ていた。いつも厳しさしかなかった緋色の瞳は今、深凪に据えられたままユラユラと揺れている。

初めて見たその瞳の揺れが何を意味するのか、深凪には理解することができなかった。

「あ。わ、私、その……吸収体質、だ、そうで」

深凪の肩に置かれた祀鶴の手が熱い。それが単純な体温から感じる熱だけではなく、祀鶴が深凪のために浄化の術を使おうとしているせいだと気付いた深凪は、慌てて祀鶴に己の特性について説明を始めた。

「『玉兎』のように、周囲の呪力や瘴気を中に取り込んで、なかったことにできるそうで」

「は？」

「だ、だから、大丈夫なんです。私、こういう形でなら、お役に立てるんです」

だから心配はいらない、むしろ正しく役に立ったことを知ってほしいと、深凪は祀鶴を見つめ返す。

そんな深凪の言葉に目を丸くした祀鶴は、すぐに剣呑な表情で深凪を睨み付けた。

「だからって、あんな捨て身の行動に出るバカがどこにいる。今回は上手くいったから良かったものの、失敗していた可能性だってあっただろうが」

「で、でも。祀鶴様の腕前ならば、私が取り込まれてしまっていても、十分に祓うことはできましたよね？」

「……何だって？」

今度こそ祀鶴は深凪の発言に言葉を失ったようだった。何を言っているのか理解できない、という表情を分かりやすく浮かべた祀鶴に、深凪は己の考えを必死に伝える。

「この子には、きっと、帰宅を待っている家族がいるはずなのです。必死に捜している人が、いるはずなのです」

自分の言葉が拙いことをここまで歯がゆく感じる日が来るなんて、思ってもいなかった。きちんと伝えたい思いがあるのに、どうやって言葉に乗せればそれができるのか、深凪にはそれさえ分からない。

ただあの瞬間心に描いたことを、ただ必死に言葉にして吐き出す。

「だから、この子を生かして帰せる手段があるならばと、思いました。私が怨霊に取り込まれて、この子と私もろとも、祀鶴様が祓う事態も、もちろんあったと思います。ですが、以前拝見したお手際から、そうなっても祀鶴様ならば問題ないと、思っていました。だから」

「……ちょっと待て」

不意に、低い祀鶴の声が差し込まれた。

冷たい圧がこもった声に深凪は思わず肩を跳ねさせる。

「お前がこの子を助けたいと強く願って行動したことは分かった。助けられる目算があったことも分かった。最悪の場合の覚悟をしていたことも、最悪の場合の勝算を考えていたことも、分かった」

ずっと祀鶴の瞳を見つめて訴えていたはずなのに、深凪は祀鶴の声を聞いてようやく祀鶴の表情が変わっていたことに気付いた。

氷のように冷えていて、それでいて苛烈な。見慣れている表情のように見えて、今まで見たことがない顔。

「だがお前の策には、最初からお前の命の保証がどこにも盛り込まれていないように聞こえるんだが。そこはどう考えていたんだ」

その表情が示す感情を理解するよりも、問いに対する答えが口を突く方が早かった。

「だって、この子の命の方が、大切ではないですか」

何を言っているのだろう？　というのが、正直な感想だった。

「同じくらい、討伐任務が大切でした。この二点の遂行を前に、そんなことを考える必要性が、あるのですか？」

　生まれてからずっと、この世界に深凪の居場所なんてなかった。深凪はずっと、誰にも必要とされてこなかった。きっと深凪がその辺りの道端で野垂れ死んでいたとしても、変死体として警察の手を煩わせるだけで、後は特に不都合もなく世界は回っていくだろう。

　深凪にとって、それは誰から教えられずとも理解している『常識』だった。そんな深凪の命と、必要とされている誰かの命や、遂行しなければならない任務が天秤(てんびん)に掛けられたら、どちらに傾くかなんて誰でも分かることであるはずなのに。

『櫻木本家の生き残り』に付随する利権に価値はあっても、深凪自身の命には何の価値もない。

　そのことを、こんなにも分かりやすく、世界はずっと示し続けてきた。

　だったら『深凪の命の保証』なんて、考えるだけ無駄であるはずではないか。

「…………」

　だというのに、祀鶴は深凪の言葉に不機嫌そうに瞳をすがめた。祀鶴の不機嫌の理由がどこにあるのか分からない深凪は、首を傾げて祀鶴からの返答を待つしかない。

「……呪術師として、以前に、そこからなのかよ」

　しばらく不機嫌そうに深凪を睨み付けていた祀鶴は、不意に小さく瞳を伏せた。伏せられる直前の瞳が『不機嫌』以外の感情をはらんで揺れたように見えたのは、深凪の気のせいだったのだろうか。

「祀鶴さ」

「お前、もう現場には出るな。『黒の御方』討伐も、俺達錦野の手勢で何とかする」

「え？」

次いで向けられた思いもしなかった言葉に深凪は目を瞠った。その隙を衝くかのように祀鶴は深凪の腕から少年の体をさらっていく。あくまでその手付きは優しく見えるのに、少年の体は呆気ないほど簡単に祀鶴の腕の中に収まっていた。

「呪術師ってのはな、良くも悪くも命の重さについて知っていなければならない」

左腕を軽く振って大鎌を消した祀鶴は、肩の上に少年の体を抱え上げるとゆっくりと膝を上げた。

「己の命の重さは、世界を巡る力の中に浮かべた『己』という船を流されないように降ろしておく碇のようなものだ。周囲を取り巻く命の重さは、世界を巡る力を回す原動力。溢れる力を己の内に取り込み、巡る力に働きかける術を持つ呪術師は、己をその場に留める碇がしっかりしていなければ、簡単にどことも分からない場所へ押し流されてしまう」

危なげなく立ち上がった祀鶴は、そのまま深凪に視線を注いだ。怨霊が祓われても闇に沈んだままの店内は、己が伸ばした指先さえ鮮明に捉えられないくらいに視界が利かない。

それでも深凪の目には、緋色の瞳が真っ直ぐに深凪を見ていることが分かる。

「碇がない船も、碇が軽すぎる船も、碇が重すぎる船も、航海はうまくいかない。大きな力に揉まれて、簡単に転覆してしまう」

だがその瞳にどんな感情が含まれているのかを、深凪は理解することができなかった。

――どうして。

「普通に生きてりゃ本能的に分かっているはずの感覚が、お前からはすっぽ抜けてる。呪術師としてどうこう以前にお前は、もっと自分に向き合うべきだ」

――どうして、そんな泣き出しそうな目で、私を見るのですか？

どうしてそんな言葉を祀鶴が己に向けているのか、その理由を理解することが、深凪にはできなかった。

「自分の大切さに、自分を生かしてくれた存在に、気付くべきだ」

「大切さ……？」

ヒラリと、祀鶴の手が深凪に差し伸べられる。

初めて、だった。座り込んだ自分に誰かが手を差し伸べてくれるなんて。

嬉しいことで、あるはずなのに。その手を取って、立ち上がることが、一番正しい行動であると、分かっているのに。

「私なんか、大切なはずが、ない」

深凪には、祀鶴の手に向かって、己の手を伸ばすことが、できなかった。

「私に価値なんて、ないのだから」

ただただ呪いのように、ずっとずっと繰り返してきた言葉を吐き出すことしか、深凪にはできなかった。

【肆】


季節にも足音があると、深凪(みなぎ)は知っている。

春の足音は軽やかだ。夏の足音は自信に満ちていて、秋の足音はどこかせっかち。冬の足音は静かなのに、どこか威厳に溢(あふ)れている。

深凪がどこで何をしていても、その足音が絶えることはない。

知っているはずのことだったのに、それが錦野(にしきの)の家に移っても変わらなかったことに、深凪は何となく違和感に似たものを覚えていた。

「ただいまぁ～、深凪、ちゃんとお昼食べたかい？」

居間の片隅で膝を抱えたままぼんやりと座り込んでいた深凪の耳に、玄関の引き戸が開いた音と穏やかな声が届く。だが深凪は反応することもできずにぼんやりと視線の先にある畳を見つめ続けた。

開けっ放しになっていた襖(ふすま)の向こうに足音が近付いてきて、ヒョイッと楓(かえで)が顔を覗(のぞ)かせる。恐らく楓は出掛け際にセッティングしたまま手がつけられていない食卓を見たはずだ。

「……深凪」

それでも楓は、声を荒らげることはなかった。

より一層柔らかさを帯びた声が深凪の名前を呼ぶ。わざと足音を立てていると分かる足運びで近付いてきた楓は、深凪の隣に立つとそのままストンと腰を下ろした。

「眩しいんじゃないのかい？　目をすがめすぎて、目元が痙攣してるじゃないか」

深凪と肩を並べるように座った楓は、深凪の頭にパーカーのフードを被せるとなぜか自分も上着のフードを被り、深凪と同じように背後の襖に背中を預けるように膝を抱えた。

「深凪がそうやって悩み始めて、もう三日が過ぎたねぇ」

もうそんなに経ったのか、と深凪の中の誰かが呟く。

平町商店街での祓いが片付いた後から、時間の流れが曖昧だった。

楓や祀鶴が同席する食事は何とか口にしているし、楓が何くれとなく世話を焼いてくれるから、朝布団から抜け出して着替えをし、夜は風呂に入って布団に戻るという行動をしているが、楓が働きかけてくれなければ一日中深凪はこうして膝を抱えて座り込んでいる。

その間の時間の流れは酷く曖昧で、一日が長いようにも短いようにも感じられた。

「そろそろ深凪の中で、悩みが言葉になってきたんじゃないかねぇ？」

深凪の頭に、コツンと優しく何かがぶつかった。フードに包まれた楓の頭が寄りかかってきたのだと気付いたのは、楓の声が音だけではなく振動でも伝わってきたせいだった。

「聞かせてくれないかい？　深凪が何を思っているのか」

温かいな、と、思った。

触れ合った肩や頭だけではなくて、楓が紡ぐ言葉も、楓の心も。

「纏まってなくたっていいんだよ。よく分からないままでもいい。そのまんまの深凪の声を、あたしは聞いてみたいのさね」

その温もりに、ジワリと口元が緩んだのが分かった。

まるで楓が紡ぐ言霊に操られたかのように、深凪の唇からホロリと言葉がこぼれ落ちていく。

「現場に出るなと、言われました。私は、自分を、大切にできないから」

最初の一音が声に乗ってしまうと、もうポロポロとこぼれ落ちる言葉を止めることはできない。

「『自分の大切さに、自分を生かしてくれた存在に、気付くべきだ』と、祀鶴様は、おっしゃいました」

そんな深凪の声を、楓は相槌を打つこともなく静かに聞いている。楓から言葉が返ってこなくても、楓が深凪の息継ぎの間さえ聞き漏らさないように耳をそばだててくれていることは、隣から伝わってくる熱で分かった。

「私……分かりません。私なんかが、大切なわけ、ないんです。だって、だって……」

その熱に、ジワリと目元までもが熱くなった。

「誰も私を、必要となんて、してきませんでした。誰からも、許してもらえませんでした。私、私なんて……」

『いない方がいい』と言われることはあっても、『ここにいてくれ』と言われたことは一度もなかった。褒められたこともなければ、許されたことも、認められたこともない。

ただあったのは、罵倒と、嘲笑だけの日々で。できることはできるだけ皆の目に触れないように、俯（うつむ）いて、縮こまって、息を潜めるだけで。

「生まれてこなければ良かったとしか、思えないのに」

――光なんて見えない場所で、誰にも顧みられることなく、周囲を満たす闇に沈んでいくかのように、ただただ静かに朽ちていきたかった。

それだけが、深凪の願いで。そう望むことしか、許されていなくて。

だというのに、祀鶴は。

「変わる努力をしろと言われたって、やり方が分かりません。私、努力したのに。なのにその結果、現場に出るなって。大切じゃないものを大切にしろと言われても。生かしてくれた存在なんてない。みんな、みんな私のことなんて……っ！」

不意に視界が歪（ゆが）んだと思ったら、温かい雫（しずく）が目元から滑り落ちていった。

その感触に深凪は思わず目を瞠る。

――涙？

「そっか、そっか。祀鶴のやつ、自分のことを棚に上げて深凪に無茶苦茶言ってたもんね」

つらい時には涙が出る。嬉しい時や、悲しい時や、怒りが込み上げた時も。

話としては、知っている。だが深凪が涙を流したのは、記憶にある限り初めてだった。感情の在り処さえ遠い自分には、涙なんて縁遠いものだと思ってきたのに。

──私、泣いている？

なぜ自分がこんなことになっているのか分からない。だが涙は後から後から湧き出てきて止まる気配がなかった。しまいには呼吸まで引き攣れてきてうまく息を吸うことができない。今は眩しくないのに、目眩を起こした時のように頭がクラクラする。

「いいんだよ、深凪。こういう時は、涙が出なくなるまで泣いちまった方がいい。訳が分かんなくても、それでいいんだよ」

そんな深凪の肩に楓の腕が回り、深凪の頭が楓の肩へ寄せられた。その熱に深凪の涙がさらに溢れ出る。

「それにしても、祀鶴はちょっとフェアじゃないねぇ。ま、あの子も不器用だから」

深凪の頭を優しく撫でながら、楓は独りごちるように言葉を紡ぐ。深凪が両手で目元を擦りながら問うように楓を見上げると、楓はチラリと視線を深凪に落とした。

「そうだ、深凪。お昼ご飯食べたら、あたしと出掛けようか」

「え？」

　唐突に何を、としゃくり上げながら楓を見れば、しっかりと深凪へ顔を向けた楓がニシシッとイタズラ小僧のように笑う。

「深凪の悩みのヒントになるかもしれない所。で、さらに祀鶴が深凪に隠してた一面が分かる所さね」

　こういうのはフェアじゃないとね、と楓は続ける。だが深凪にはさっぱり何のことを言っているのか分からない。

「深凪がお昼ご飯食べてる隣で、あたしもおやつにしようかね。何だかお腹空いちゃったし、戦の前には腹ごしらえが大切さね」

　――戦、とは、何でしょう？

　深凪は思わず首を傾げる。コツリ、と楓の肩に頭が当たったが、楓は怒るどころかさらに『よしよし』と深凪の頭を撫でてくれた。

　いつの間にか、深凪の涙は止まっていた。

　楓が深凪の昼食用に用意してくれていたチャーハンは、いつもよりちょっとだけ塩気が強いような気がした。

◆　◆　◆

「さぁ、着いたよ。ここさね」

いつもは祀鶴が乗っている助手席に、今は深凪が収まっていた。

助手席に誰が収まっていても静かなハンドル捌きで車を走らせた楓は、駐車場に車を止めると軽やかに車を降りていく。モタモタとシートベルトを外してドアを開けた深凪が駐車場に降り立つと、上着のフードを被った楓が大きく伸びをしていた。

「あの、ここは……？」

二人の前にあったのは、歴史を感じさせる堂々とした佇まいの洋館だった。元々は個人宅ではなく、公共施設や病院だったのかもしれない。そんな背景を連想させる規模の洋館なのにどこか見る者を抱き包むような温かさを感じるのは、壁を這う紅葉したツタや丁寧に手入れされた前庭が柔らかな雰囲気を醸し出しているせいなのだろう。

「ここは暁荘って呼ばれてる養護施設でね。表向きは呪術界に関係ない人間が運営してることになってるけど、ガッツリ錦野派によって維持管理に運営、セキュリティまでやってる主要施設のひとつさね」

軽やかに答えた楓は『こっちだよ』と指で行く先を示しながら歩き始める。目深に被ったフードの位置を調整しながら、深凪もその後ろに続いた。

「ねぇ深凪。基本的に呪術界は外に向かって扉を閉ざしているけれども、呪術師の家系に呪術師の才を持たない人間が生まれてくるように、徒人(ただびと)の家系にいきなり呪術師としての才を持ち合わせた人間が生まれることがあるってこと、深凪は知ってるかい?」

楓は開いていた門を抜けると、正面玄関に向かわず前庭を通り過ぎて建物の裏に回っていく。秋の実りの気配は表側だけではなく何気ない裏道にも漂っていて、ここが本当に細やかに手入れされた空間なのだということが深凪にも分かった。

「そういう人間ってね、怨霊や妖怪に目をつけられやすいんだよ。それも当然さね。怪異達にとって極上の餌が、自己防衛手段も持たず、碌(ろく)な守りもなくほっつき歩いてるんだもの。一般家庭に生まれてしまった突発呪術師の死亡率はね、ものすごく高いんだ」

ここは良い気の流れをしている、と感じながら、深凪は前を進む楓の話に耳を澄ます。楓は後ろを振り返らないが、深凪がきちんと付いてきているかを気にしてくれていることは足運びを見ていれば分かった。

「無事に生き残れたとしても、家族の愛に恵まれる子は珍しくてね。当人に悪気はなくても、怪異の方が群がるんだ。周囲では怪事が頻発するし、当人は原因不明なケガを負いやすい。色んな要因が重なって、周囲の愛情を受けられない子は多いんだよ。かと言って怪事の専門家に預けようにも、呪術師の家はどこも徒人の血を引く弟子は取らないから、結局は場当たり的な対処しか取らず、結果徒人の血を引く呪術師の卵達は世間に捨て置かれがちになるのさね」

つらつらと説明していた楓の足が止まった。楓が立ち止まった場所には、ステンドグラスがはめられた美しいドアがある。ドアノブも鍵も、屋敷の趣きに相応しいアンティーク調だった。

そのドアノブにそっと右の人差し指を添えた楓は、チョンチョンッと軽くドアノブをつつく。

「この暁荘はね、そんな風に世間から弾き出されてしまった子供達を引き取って育てている、呪術界で唯一と言っていい施設なんだよ」

そんな楓の指先から、ホロホロと橙色の燐光が舞った。柑橘類を思わせる燐光を吸い込んだドアノブは、カチャリとひとりでに鍵を開けるとキィッと微かに扉を開く。

「そして、祀鶴の古巣でもある」

楓が初めて見せた燐光に見惚れていた深凪は、思わぬ言葉に顔を跳ね上げた。そんな深凪の一連の動きを見ていたのか、楓はイタズラが成功した子供のような笑みを浮かべる。

「さぁ、どうぞ。ここで生活してる子達はみんな呪術師の卵だけど、みんな一度は親や周囲の愛情を諦めた子達ばかりさね。深凪が抱えてきた痛みは、あたしよりも分かる子達ばかりだよ。なぁんも怖いことはない。なぁんも怖くないんだ」

大きくドアを開け放った楓は、深凪を中へ誘う。その優しい言葉に、深凪はおずおずと中へ足を踏み入れた。

屋敷の中も、外観からの印象を裏切らない古風な洋館だった。足元の床は靴を履いたまま踏みしめるのが申し訳ないくらい磨き込まれている。石壁だが不思議と寒さは感じなかった。どこかで暖炉の火が燃えているのか、直火の温かさが空気を循環させているのが分かる。少し遅いお茶の時間なのか、流れる空気の中には紅茶とお菓子の匂いが漂っていた。

「錦野ってのは、他の四季咲の家に比べて力が特殊でね。それに、他家に比べて荒事が多い任務じゃないか。昔から任務で死んじまう人間が多いくせに、呪力特性も限定されてるから、純粋な一族だけじゃ必要な頭数を維持してこれなくてね。四季咲の中で唯一、古から徒人に門を開いて人材を募ってきた、風変わりな一派なのさね」

深凪が入った後ろでドアを閉めた楓は、上着のフードを脱ぐと変わらず軽やかな足取りで中へ歩を進めた。勝手知ったるといった楓の雰囲気に戸惑いながらも、深凪はパーカーのフードを押さえるようにして楓の後ろに続く。

「だから、錦野派の家の中で、血が繋がってない貰われっ子ってのは特段珍しいことじゃあないのさね。血統ではなく、才能によって家名を継承していくのが錦野派の特徴なのさ。……まぁ、こんなことしてたから、他の三家に煙たがれるようになったのかもしれないけどねぇ」

暁荘は、錦野の呪力特性を帯びた子供だけを選抜して引き取っているわけではないらしい。家族や周囲から見放された呪術師の卵達は呪力特性に関係なく積極的に受け入れているそうで、拾われた子の呪力特性が他の四季咲に向いていた場合は、宵宮(よいみや)家の力を借りて他家へ修行に出すこともあるのだという。錦野で一通り基礎を教えられ、宵宮のお声がけを得た子供となれば他三家もあからさまに嫌な顔をすることはあまりなく、受け入れは比較的スムーズに行くらしい。そのまま受け入れ先の一族に馴染(なじ)むこともあれば、錦野に恩義を感じて一人前になってから戻ってくる人間もいると楓は語った。

「あの、楓様、は」

屋敷の中を進んでいる間も、外を歩いている間も、何人かの人間とすれ違った。大人も子供もいたが、すれ違った人間は楓を見かけるとパァッと顔を輝かせ、しかし深凪が後ろにいるのを見ると心得たように軽く手を振っただけで通り過ぎていく。随分この施設の人間と顔馴染(かおなじみ)なのだなと思いながら、深凪はソロリと問いを口にした。

「この施設の、ご出身なのですか？」

「あたしは違うよ。ここの運営を担ってる人間の一人にあたしの父がいてね。養護教諭をやってるんだけども。あたしも昔から父に連れられて、ここには毎日のように遊びに来てたもんさね」

荻野(おぎの)家は錦野派の重鎮で、楓は荻野家当主と血が繋がった親子であるという。楓の母が先代錦野当主の妹で、祀鶴と楓は義理のイトコにあたるらしい。

「実はあたしが呪術医療の道に進もうって思ったのは、呪術特性がそっち向きだったってこともあるけど、将来父の後を継いでここの養護の先生をやれたらいいなって思ったからなのさ」

楓はカツコツといい音を立てながら燦々と日が降り注ぐ廊下を進む。この廊下はどこからでも中庭に出られる造りになっているのか、中庭側には大きな掃き出し窓がずっと続いていた。窓ガラスにうっすら色が入っているのか、室内は柔らかな光に満たされているのに眩しさを感じない。錦野の人間は皆光に対して目が弱いという話だから、もしかしたら何か対策が施されているのかもしれないと深凪は頭の片隅で考える。

「……ここにやってきた時の祀鶴はね、ズタボロの、捨て猫みたいな痩せぎすでね。今の深凪みたいに前髪を長く伸ばしてて、その髪も汚れや脂ですごくくすんでて。深凪よりもずっとずっと、死んだ魚みたいな目をしてた」

不意に、楓が足を止める。

そんな楓がこぼした言葉に、深凪は息を詰めて楓を見上げた。

「なまじっか力が強かった祀鶴は、物心ついた頃から力の制御ができてなかったみたいで。祀鶴の呪力特性って、強力な炎気だからさ。ボヤとか無意識のうちに繰り返し起こしてたらしくて、危なくて怖いからって、ご両親に家の中に入れてもらえなかったらしいんだよ」

楓は深凪へ視線を向けていなかった。開け放たれた掃き出し窓の傍らに立った楓は、窓の先に広がる中庭に視線を向けている。

「家の壁と、裏の塀との間の暗い軒下が、祀鶴に与えられた場所だったって話さね。……祀鶴の力に目をつけた怨霊が祀鶴を襲いにかかって、それに抵抗した祀鶴が力を暴発させて火事騒ぎが起こるまで、祀鶴はそうやって生活してきたんだってさ」

楓の視線の先に何があるのか気になりながらも、深凪は楓から視線を逸らすことができなかった。

——知らな、かった。

同時に、納得できたこともあった。

深凪が前髪を伸ばしている理由に気付いたのも。深凪が徒歩での移動に慣れている理由を察することができたのも。

祀鶴自身が、経験してきたことだったから。だから祀鶴は己の経験と照らし合わせて、深凪を理解することができたのだ。

「その事件で怨霊退治に出張ったのが、先代の錦野当主でね。あたしから見ると伯父さんにあたる人さ。伯父さんは現場と祀鶴の様子を見て、事件の経緯も祀鶴が置かれた状況もすぐに察したらしくて、その場で祀鶴を引き取ったそうだよ。祀鶴の実のご両親は、諸手を挙げてその申し出を受けたそうだ」

——祀鶴様も、ご両親に愛されては、いなかった?

家に上げてくれなかった家族。いないものとして扱われてきた日常。日の当たらない場所に押し込まれてきた境遇。何もかもが、深凪にも当てはまるものだった。

——そうであるのに、祀鶴様は、ご自分を大切だと思えるようになった? どうして?

「祀鶴もね、別に最初から自分を大切に思えたわけじゃないのさね。むしろ昔の祀鶴は、深凪以上に自暴自棄だったよ。下手に力だけは強かったからね」

まるで深凪の内心を読んだかのように口にした楓はクスリと微かに笑った。昔を懐かしむような笑い方だった。

「祀鶴はね、ひとつひとつ、教わっていったんだよ。伯父さんやここにいた仲間達と、家族になることでね」

「か、ぞく?」

「そう、家族」

フワリと迷い込んできた風に赤茶色の髪を揺らしながら、楓は深凪を振り返る。深凪を真っ直ぐに見つめた楓は、まるで眩しい物を見るかのように瞳を細めた。

「朝起きたら『おはよう』って言って。『いただきます』ってご飯を食べて、『ご馳走様』ってご飯を終えて。出かける時には『行ってきます』って言って、帰ってきたら『お帰りなさい』って言われて。夜寝る時には『おやすみなさい』で一日を終える。そんな日常を、一緒に積み重ねていったのさね」

その言葉に、深凪は言葉を失ったまま目を丸くした。

――それ、は……

朝起きたら『おはよう』と言って。三人揃って『いただきます』をして、楓や祀鶴が作ってくれたご飯を食べて。全員が食べ終わったら、お茶で一服してから『ご馳走様』とまた声を揃えて。誰かが出掛ける時には『行ってきます』『行ってらっしゃい』とやり取りがあって、帰ってきた時には『ただいま』『お帰りなさい』とまたやり取りがあって。夜眠りにつく前には必ず『おやすみなさい』という声がかかって。

そんな日常は、深凪が祀鶴の家にやってきてから、ずっと続いてきたものだった。

だったら、深凪は、あの家で。

「……私、も？」

「そうだよ。深凪だってもう、あたし達の『家族』さね」

ポロリとこぼれ落ちた言葉に、楓は柔らかく笑ってくれた。

まるで母が娘を見つめるかのように。姉が妹を見つめるかのように。

「深凪は堂々と、あの家にいていいのさね。あの家こそが帰る場所で、深凪の帰りをあたしも祀鶴も待ってる。そのことに、堂々と胸を張ってくれていいのさね」

『だから楓、こいつは『依頼人』であって『家族』じゃねぇってさっきから言ってんだろ』

　初めて一緒に食卓を囲んだ時、祀鶴は楓にそう苦言を呈していた。そうでありながら祀鶴は、最初から深凪に食事を振る舞い、深凪と一緒に『いただきます』と言ってくれた。深凪がそこにいてもいいのだと、最初から態度で示してくれた。

「自分を大切に思うってさ、きっとそういうことを積み重ねた先でないと、得られない感情だと思うのさね。間違ったことをした時には思いっきり叱り飛ばしてもらって、正しいことをしたら全力で褒めてもらってさ。辛いってベソかいて頭撫でてもらって、一緒に笑って泣いて、その先にしか分からない感情さね。祀鶴はちょっと、深凪に対するハードルが高いよ。自分だって散々間違えて伯父さんを泣かせてきたくせにねぇ」

　呆然と楓を見上げる深凪の前で、楓は意地悪く笑いながらもう一度視線を窓の外に投げた。

「おまけに祀鶴は、正式に伯父さん家に引き取られる前にここで似たような境遇の子達に揉まれてたから、深凪に比べて断っ然『大切に思う』のハードルが低かったんだよ。人格肯定の基礎ができてたっていうかさ。だぁーってのに祀鶴ったら、自分のこたぁ棚に上げまくって深凪に無茶ばぁーっか言うんだから」

　今度の深凪は、楓の視線に釣られるようにして、中庭に視線を投げていた。

秋の色に染め上げられた中庭の中では、子供達が遊んでいた。その中心にいるのは、深凪も登下校の折に時折見かけたことがある一般高校の制服を纏った青年だ。

子供達に引きずり回されるように一緒に遊んでいる青年は、目が覚めるような紅の髪と、制服のジャケットの下から飛び出したパーカーのフードを振り乱して、子供達と同じように全力で遊んでいる。冷たいとばかり思ってきた美貌は柔らかに笑み崩れ、彼が今この瞬間を心の底から楽しんでいるのが分かった。

──祀鶴、様？

「ねぇ深凪。祀鶴はああ見えてお人好しだからさ。もう誰も、自分みたいな思いをさせたくないんだってさ」

普段楓よりも年上にしか見えない祀鶴が、今は着込んだ制服よりも幼く見えた。それくらい子供達を相手にした祀鶴は無邪気な顔をしている。

「十一年前の事故で、錦野への風当たりはさらに強くなった。他の三家に因縁吹っかけられた錦野は、奥義書である『華炎』も失ってる。術そのものは何とか伯父さんから祀鶴へ継承できたみたいだけど、派閥としての権威は、やっぱり他の三家に劣るってのが現状さね」

──高校生……ということは、楓様よりも年下で……私とそんなに歳も変わらないくらいで。それなのに、錦野の当主として堂々とされていて、責任ある呪術師として日々飛び込んでくる依頼もこなして……？

毎日朝から夕方まで出掛けていたのは、学校に通っていたから。制服姿を見かけなかったのは、深凪がいる居間に顔を出す時は制服から着替えていたせいだろう。現場までの送迎を楓に頼んでいたのも、単純に免許を取れる年齢ではなかったからに違いない。

——私とそんなに変わらない歳であるはずなのに、錦野当主という重責を背負い、錦野当主に相応しい人間として、振る舞ってこられた。

「他三家の当主達に比べて祀鶴が断トツ若いってのもあって、錦野の立場はやっぱりどうしても弱くなりがちでね。『錦野派』ってだけで虐げられる子供達がいるのが、祀鶴には許せないのさね」

他家の呪術師に迫害される錦野派の呪術師達の姿が、祀鶴には親に虐げられた自分の姿に重なって見えるのかもしれない。責任感が強くて根がお人好しだという祀鶴には、その光景が歯がゆく思えるのだろう。

——だから、なのですか。

不意に、深凪は理解した。

——だから祀鶴様は、櫻木の家名に価値を感じた。錦野の権威を、少しでも強くするために。『華炎』を取り戻すことを悲願と口にしたのも、あわよくば『華泉』を手に入れようと考えたのも、全ては……

未来の錦野の者のために。

己の地位を高めたいという我欲によるものではなく、錦野という翼を堅固なものにして、その庇護下にある者達を守るために。自分が受けてきた理不尽な仕打ちを、未来ある子供達には受けさせないために。

そのために祀鶴は、若年でありながらその双肩に重責を載せ、凛と前を向いて歩いてきた。

それは何と眩しくて……何と過酷な戦いだったことだろう。

「祀鶴はね、深凪の心意気に惚れたんだってさ。あの夜、祀鶴はものすごく深凪を褒めてたんだよ」

呆然と祀鶴を見つめていた深凪は、楓の声に視線を引き戻した。楓の視線も、深凪に落ちる。

深凪と再び視線を向けあった楓は、またあのイタズラっ子の微笑みを深凪に向けた。

「オークション会場から深凪を担いで出てきた祀鶴にね、あたし、説教かましてやったんだよ。櫻木の家名と引き換えに『黒の御方』の討伐を引き受けてくるなんて、さすがに独断でやるには大事すぎるってね」

いくら祀鶴が錦野当主であろうとも、年頃の少女の身代を勝手に引き受けてくるのはさすがに勝手が過ぎる。おまけにその少女が櫻木本家唯一の生き残りときた。錦野の中も外も祀鶴の行動で荒れることは目に見えている。

なぜそんな軽率な真似をしてきたのかと、楓は祀鶴に詰問したらしい。

「祀鶴はこう返してきたよ。『こいつの覚悟に報いたかった』って」

「かく、ご？」

そんなもの、自分には何もなかった。

あの時の深凪は、自分に何ができるかも分からず、また何の努力もしていなかった。理由も分からないいままただガムシャラに突き進んで、あの場所に立ったというだけで。

そんな自分に祀鶴が『報いたい』とは、一体どういうことなのだろうか。

「祀鶴はね、『咲かずの櫻』って呼ばれてた深凪のことを知ってたんだよ。どういう扱いを受けてるか、多分祀鶴はあたしなんかよりもよく分かってた」

意味が分からず深凪は困惑の視線を楓に向ける。だが楓は深凪に向ける笑みを崩さない。

「『呪術は一切使えない。後ろ盾もない。ただの覚悟だけで、こいつは敵だらけの中で、苦手である光が降り注ぐ中、己の手を取る人間を求めて、真っ直ぐに顔を上げていた』」

楓が口にしたのはきっと、あの晩、深凪が知らない所で祀鶴が楓に向けて語った言葉だ。

楓の声で紡がれる言葉が、なぜか脳に届く時には祀鶴の声に変わっている。

「『同じ立場に立たされて、一体何人が同じことをできるって言うんだ。その強さに俺は、敬意を抱かずにはいられなかった』」

きっと自分ならばそんなことはできない。

深凪が置かれた環境にかつての自分を重ねていた祀鶴は、そんな思いを込めて楓に自分の心の内を語ったのだろう。

——強さ。

その言葉はずっと、深凪には縁遠いものだった。強さはまばゆい光の中にしかないのだと思ってきた。

だが祀鶴はあの瞬間の深凪に『強さ』を感じたのだという。深凪当人相手にではなく楓相手に語った言葉であるというのが、祀鶴の言葉が嘘や社交辞令ではないことの証左であるような気がした。

「深凪の強さに惚れ込んで手を取ったからこそ。そして、口では『客』とか言いつつも、本心では錦野の新しい『家族』として深凪を迎え入れていたからこそ。……深凪が動き出せずにいるのが、祀鶴には見ていて歯がゆかったんだろうね。だからことさら深凪への当たりが強かったのさ」

不意に、目尻を何かが伝う感触があった。拭うこともできずに楓を見上げていると、伝った雫は磨き抜かれた床に向かってパタパタと落ちていく。

「ねぇ、深凪。祀鶴はね、深凪の中に初手で強さを見たから、多分忘れちまってたのさね。努力を許される環境に置かれて、努力ができる力が手に入っても、正しい方向に背中を押してもらえなきゃ、変わるために歩き出すことなんてできっこないってさ」

そんな深凪にほっと安堵したかのような笑みを向けた楓は、もう一度中庭に視線を投げた。祀鶴と子供達がいるはずである、中庭に。

「深凪。分からなくってもいいじゃないか。ぶつかっておいでよ」

「え？」

「家族ってのはさ、ぶつかってなんぼさね。深凪の中にある感情、一度全部祀鶴にぶちまけておやりよ。祀鶴にだって、私にだって、言われなきゃ分かんないことはたくさんあるよ。だってみんな、違う人間だもの」

最後にポンポンッと深凪の頭に手を置いた楓は、ヒラリと片手を振ってから歩き出した。

窓際に置き去りにされた深凪は思わず楓を振り返る。

「楓様」

「あたしは養護室にいる父の所に顔を出してくるから」

楓はそのまま振り返ることなく廊下を進み、途中の角を折れて姿を消した。明るい窓際に置き去りにされた深凪は、楓が消えた廊下を見つめたまま服の下のネックレスに指を這わせる。

――分からなくても、いい。

楓は、そう言った。

――分かり、ません。私には。

祀鶴が深凪の中に見たという強さも。何が今、深凪に涙を流させたのかも。自分を大切にするということも。そもそも何が深凪を『黒の御方』討伐に駆り立てるのかも。

何も、何も、分からない。きっと最初に向けられた祀鶴の問いに、深凪は今でも答えられない。そのことに深凪はまた、あの突き刺さるような冷たさを覚えるのかもしれない。

それでも。

――それでも私は、祀鶴様と、お話がしてみたい。

なぜそう思ったのかも、分からないけれども。

深凪はネックレスの先を両手で握りしめたままそっと中庭へ向き直る。さっきまで走り回っていた子供達は今、しゃがみ込んだ祀鶴を囲んで腕を振り抜いたり、振り回したりしていた。その軌跡に色とりどりの燐光が舞い、それを見た祀鶴が笑いながら差し伸べた己の指先にポッと小さな炎を灯して何事かを説明している。どうやら祀鶴が子供達に呪術の扱い方を教えているようだ。

「…………」

一瞬、邪魔になってしまうかもしれないと、心が怯んだ。

だが深凪はコクリと喉を鳴らすとそっと一歩中庭へ踏み出す。芝生の上に降り注いでいた落ち葉がカサリと微かに音を立てた。その音に誘い出されたかのように、深凪は次の足を進める。

「あ！」

そんな深凪の姿に気付くのは、祀鶴よりも祀鶴を取り巻く子供達の方が早かった。

「あの子、しづ兄のパーカー着てる！」

「ほんとだぁ！」

「じゃあ、あの子が深凪ちゃん？」

——どうして、この子達は、私の名前を知って？

とっさに胸に抱いた疑問を口に出している暇は与えられなかった。

わっと色めき立った子供達はパッと立ち上がると一目散に深凪に向かって駆けてくる。

その姿に思わず深凪が目を丸くして足を止めるのと、祀鶴が慌てたように深凪を振り返るのはほぼ同時だった。これ以上ないくらい丸く見開かれた緋色の瞳と視線がかち合う。

「深凪!? 何でここに……っ！」

「わーい！　ほんとに深凪ちゃんだー！」

「みなぎおねぇちゃん！」

「深凪ねぇちゃんが来てくれたー！」

祀鶴の声に確信を得た子供達は深凪を取り囲むとやんややんやと声を上げる。子供に接したことがない深凪はどうすればいいのか分からず固まることしかできない。

「コラお前ら！　初対面の人にそんなことしたらビックリさせるからダメだって教えただろっ！」

そんな子供達を深凪から引き離してくれたのは、子供達に遅れて駆けつけてきた祀鶴だった。少し距離を空けた場所で腰に手を当てて立った祀鶴は、子供達と視線を合わせるように身をかがめると厳しい表情を見せる。

「お前らだって、知らない人にいきなり囲まれたら怖いだろ？」

「でも深凪ちゃんは、俺らよりおっきいよ？」

「おっきかろうがちっさかろうが怖いのは一緒だ」

「そうなの？」

「そうだ。深凪だって、怖いもんは怖い」

「しづにぃも？」

「そうだな、怖いもんは怖い」

あっさり認めた祀鶴に目を瞠（みは）ったのは深凪だけではなかった。深凪を取り囲んだ子供達も、深凪と似たような顔で目を丸くしている。

「……そうなんだぁ」

「そうだ。ほら、悪いことしたなって思ったら、どうするんだった？」

祀鶴に諭された子供達は、そっと深凪から離れると真っ直（ま す）ぐに深凪を見上げた。無垢（む く）な瞳に見上げられた深凪は、思わずコクリと空唾を飲み込む。

「ごめんなさい」

「深凪ねぇちゃん、ビックリさせて、ごめんなさい」

「え、あ……」

素直な謝罪に何と答えれば良いのか分からず、深凪は助けを求めるように祀鶴を見遣る。だが祀鶴は腕を組んで深凪を見据えるだけで助け舟を出してはくれない。『お前が何と答えるべきかはお前自身が考えろ』という声を聞いたような気がした深凪は、あうあうと唇を動かしてから、そっとその場にしゃがみ込む。

「大丈夫、です」

深凪がその場に膝をつくと、子供達よりも視線が低くなる。ちょっとした行動でこんなに距離感が変わるのか、と思うと同時に、そういえば自分もこんな風に視線を合わせてもらったことがあったな、と思い出す。

──そうだ、初めて顔を合わせた時に、楓様が。

目線が変わるだけで、子供達の表情が変わったように見えた。やはりあの時、楓はできるだけ深凪を怯えさせないように気を遣ってくれていたのだなと、楓の優しさが時間差で胸に染みたような気がした。

「ビックリしたけれど、怒っていませんよ」

その時のことを思い出しながら、深凪はぎこちなく口元を緩めた。

「みなさん、初めまして。私は、深凪。櫻木深凪、です」

それから、ゆっくりと己の名前を口にした。あの時の楓が、深凪にそうしてくれたように。

楓のように柔らかく笑えた自信はなかった。だがパァッと顔を輝かせた子供達は口々に自分達の名前を口にし始める。そんな子供達の勢いに再び驚きながらも、深凪は一人ひとりの言葉にうん、うん、と必死に頷いて答えた。

「深凪がここにいるってことは、楓も来てんじゃねぇか？」

そんな自己紹介の嵐から深凪を掬い上げたのも祀鶴だった。祀鶴の何気なさを装った発言に子供達がパッと顔を上げる。

「え、なになに？　深凪ちゃん、楓先生と一緒に来たの？」

「え、あ、そ、そうです」

「楓先生！」

「楓先生来てるんだ！」

「よ、養護室にいる、お父様の所に、顔を出すと」

「オギ先生のとこ！」

「ねっ、ねっ、みんなで行こう！」

「俺は深凪とちょっと話がある。お前達だけで先にオギ先生のトコ行ってな。後から俺達も行くって楓に伝えといてくれ」

「はーい！」

「また後でね！　深凪お姉ちゃん！」

「深凪ねぇちゃん、あとでねー！」

　キャッキャッとはしゃぎながら子供達は深凪が来た道を駆けていく。思わず振り返って行く先を見やると、開いていた掃き出し窓から建物の中へ入った子供達は楓が向かっていった先へパタパタと廊下を走っていった。途中ですれ違った職員が『廊下は走らないの』と注意でもしたのか『ごめんなさーい！』という元気な大合唱が聞こえてくる。

「……ったく。元気だけは有り余ってんだから」

　ポカン、と深凪がその様子を見送っていると、ポツリと声が落ちてきた。呆れを装いながらも嬉しさが隠しきれていない声に顔を上げれば、祀鶴は口元に穏やかな笑みを浮かべて子供達の背中を見送っている。

　そんな祀鶴の様子に、深凪の口元も緩んだ。

「……いい子達ですね」

「ああ。どんな道に進むにしろ、このまま真っ直ぐに育ってほしいもんだ」

「……そのために祀鶴様は『華炎』の奪還を望むのですか？」

問う言葉は、自然にこぼれ落ちている。

それに答える祀鶴の声に、特に変化はなかった。柔らかな声音のまま、祀鶴は深凪の問いに答える。

「楓が話したか」

「はい」

静かな声に深凪は素直に頷く。そんな深凪の様子を視界の端で捉えていたのか、祀鶴の表情からスッと笑みが消えた。

「……呪術師たる器を持って生まれてくるかどうか、器を満たす力が何であるか、選んで生まれてこれる人間なんて誰もいない。そうであるのにその部分で生きづらさを決められるなんて、理不尽極まりないだろ」

祀鶴からこぼれた声は、いつも以上に静かだった。底に凛(りん)とした強さを感じさせる声に、深凪も静かに祀鶴を見上げる。

「おまけに、自分達が生きてる世代より前の人間のやらかしのせいで、自分達は何も悪くないのに、その責任取らされるみたいな生き方を求められるなんて、嫌すぎるだろ。弱者は強者にいたぶられるために存在しているわけじゃない」

子供達が消えた先を見据え続ける祀鶴の瞳には強い力があった。

虐げられてきた祀鶴だからこそ。痛みを知っている祀鶴だからこそ、その決意が瞳に滲(にじ)

んであんなに強い光を宿すのだろう。

「人生は、その人のものだ。行く先を制限するような枷は、なるべくならば少ない方がいい」

祀鶴はかつての痛みを、強さに変えた。

――だったら、私は。

痛みを『痛い』とさえ感じられなかったあの日々を、自分はどんな風に変えていくことができるのだろうか。

「そんな風に虐げられる世代は、俺達まででいい。先代から当主を引き継いだ時に、俺はそう心に決めた」

フワリと、風が吹き抜ける。その風に祀鶴の紅の髪が揺れた。生命を弾けさせるような紅の髪を隠すことなく風になびかせた祀鶴は、深凪に視線を落とすと柔らかく笑う。

「それが、俺に歩き出す力を与えてくれた錦野という『家族』への、俺なりの恩返しだ」

――きれい。

初めて見た時も、祀鶴が纏う赤は綺麗だと思った。色彩としても美しいとは思うが、そこに含まれた感情や、在り方、そういったものまで全て含めて美しいのだと、深凪は今になって気付く。

――うつむきたく、ない。

ふと、そんな感情が深凪の中に湧いた。

——このきれいな赤のように。この緋色に見つめられて、この紅を目にする時、私も、祀鶴様みたいに堂々と顔を上げていたい。

それは、衝動だった。『黒の御方』に遭遇した時に、深凪の足を突き動かしたものと似た感情。そうでありながら今深凪を滾らせる衝動は、あの時胸を衝いた思いよりもずっと熱く深凪を炙る。

そんな感情を込めて、深凪はひたすら祀鶴を見上げる。

その視線の先で、不意に祀鶴が視線を逸らした。

「……その、悪かったな」

ボソリとこぼされた声に、深凪は無言のまま目を瞬かせる。祀鶴の口から漏れた言葉が深凪への謝罪であることは分かるのだが、一体何を謝られているのかがよく分からない。

常日頃、深凪の言葉足らずな発言の中から的確に意図を汲み取ってくれている祀鶴は、今も深凪が合点が行っていないことに気付いたのだろう。気恥ずかしさを誤魔化すかのようにガシガシと頭を掻きむしった祀鶴は、ボソリ、ボソリと言葉を続ける。

「キツく、言い過ぎた。……ここに来たら、昔のこと、色々、思い出して。俺だって色々、やらかしたし……その都度色んな人に叱ってもらったから、正しい方向が分かったっつーか」

深凪はそんな祀鶴の言葉を、パシリ、パシリとゆっくり目を瞬かせながら聞き入った。

「お前のこと、知らないくせに、お前が、もう分かってる前提で、色々押し付けた。だから……その、悪かった、な」

深凪はゆっくりと、祀鶴の言葉を咀嚼する。祀鶴が向けた真摯な言葉を、自分の思い込みで変な方向へ曲げてしまわないように。

祀鶴の家で出してもらった食事を、ゆっくり味わって、噛み締めて、しっかりお腹へ送り込む時のように、深凪は祀鶴の言葉をしっかり受け取った。その上で自分の感情を見つめ直し、同じだけ真摯であれるように、丁寧に思いを紡ぎ出す。

「私は。いまだに、自分の心が、よく分かっていません。自分のことなのに、知らないことが、たくさんあるのです。『自分を大切にする』ということも、なぜ自分がこんなにも『黒の御方』の討伐に駆り立てられているのかも……もしかしたらもう、答えはあるのかもしれませんが、これだと、はっきり摑めては、いないのです」

分からないままでもいいと、楓は言ってくれた。分からないままぶつかってこいと、言ってくれた。

変わる努力を笑わないと、祀鶴は言ってくれた。錦野はそうやって足搔いた人間でできていると、教えてくれた。祀鶴自身も含めて、本当にそうだった。

自分が受け取った言葉を信じて、その言葉達が与えてくれた熱を原動力に、深凪は願いいとか。

「自分に価値が出れば、取引が上手くいくとか。祀鶴がより早く動いてくれるかもしれな
い」

そういう損得勘定を一切省いた根っこの部分から、深凪は祀鶴の役に立ちたいと思った。

自分を対等の人間として扱ってくれた人に、居場所を与えてくれた人に、……『家族』と
遇してくれた人に、与えてもらった温もりを返したいと願った。

深凪の中に強さを見たという祀鶴の言葉に、報いたいと思った。

「もう、うつむいていたく、ありません。私、私は……！」

その衝動のままに、深凪は声を上げる。

「あなたの敬意に見合う人間になりたい……！」

深凪の言葉は祀鶴に真っ直ぐぶつかった。まるで本当に質量のある物をぶつけられたか
のように祀鶴は目を丸くする。常の祀鶴よりも幼く見えるその顔から、深凪は目を逸らさ
なかった。

しばらく祀鶴の目は丸いままだった。

だが紅の髪を揺らしていた風がやんだのを契機に、祀鶴の目は柔らかく細められる。

「……まずは、一輪」

それが笑みによるものだと気付いた時には、祀鶴が深凪との距離を詰めていた。

深凪の隣まで歩を進め、しゃがみ込んだままの深凪と視線を合わせるように自分もしゃがみ込んだ祀鶴は、ポンッと伸ばした手を深凪の頭に乗せる。

「咲いたな」

『咲かずの櫻』という揶揄を鮮やかに蹴散らす言葉に、深凪は無防備に目を瞬かせる。

そんな深凪の頭を祀鶴はワシワシと撫で回す。以前触れてくれた時には遠慮があったのかと、その力強さに深凪は思わず悲鳴を上げた。

「わっ、わ……祀鶴様！」

「まぁ、気張らず頑張れ。今度はちゃんと行く先くらい示してやる。あと」

グラグラと揺れる視界に悲鳴を上げていると、今度はなぜかデコピンを喰らわされてしまった。思わず間抜けな悲鳴を上げていると、祀鶴はスクッと身軽な動作で立ち上がる。

『『敬意に見合う人間になりたい』なんて言うなら、その『様』ってやつは取れ。錦野当主と櫻木の生き残り、互いにその立場に胸張って応じるなら、俺達の立場は対等なはずだろ」

深凪は思わず涙目になったままキッと祀鶴を睨み付ける。その反応がお気に召したのか、祀鶴はどこか意地悪さを含んだ笑みを浮かべたまま深凪に手を差し伸べた。

「ほらよ、返事は？」

突然の指示と襲撃に深凪はわけが分からないまま口をパクパクさせる。

感情の整理がついていないことが逆に良かったのか、言葉は思っていたよりも簡単に深凪の唇から飛び出していた。

「っ、しづ……祀鶴！」

「おう」

深凪の呼び声に祀鶴は嬉しそうに笑みを深める。

その表情に一瞬意識を持っていかれながらも、深凪は必死に心の内を言葉に出した。

「ぼ、暴力はっ、良くないっ……です！」

「おー、ちゃんと言えるじゃねぇか」

ニヤリと笑う祀鶴に何だか『イラッ』という音が頭の中に響いた。それが『苛立ち』を示す擬音語であることはさすがに深凪も知っている。その音が自分の中から聞こえるのは初めてのことではあったが。

深凪は初めて抱いた感情をぶつけるように乱暴に祀鶴の手を取った。前の現場でついぞ取ることができなかった祀鶴の手は、深凪の貧相な手とは比べ物にならないくらいに力強くて温かい。大きなものを日々守り続けて戦う人の手だった。

その手がギュッと深凪の手を取って、フワリと深凪を立ち上がらせてくれる。

「これから改めてよろしく頼む、深凪」

祀鶴が深凪に分け与えてくれる熱は、深凪の心まで温めてくれる。

痛みと冷たさしか知らなかった心が、今はこんなにも熱い。

「はい！」

その熱の高さを声の強さに変えて、深凪は強く祀鶴の手を握り返した。

【伍】

見慣れていたはずである景色にこんなにも緊張する日が来るなんて、思ってもいなかった。

大きな校門。その先に広がる前庭と、その奥に続く校舎はもっと大きい。ロータリーに向かう車が吸い込まれるかのように校門の中へ入っていく。

自分の日常のどうってことないひとコマであったはずの光景を前にして、深凪（みなぎ）はそっと深呼吸をした。楓（かえで）のお古の制服は少し深凪には大きくて、手の甲が半分くらい袖の中に隠れている。さらにその上から羽織った祀鶴（しづる）のパーカーはもっと大きくて、今はその大きさに何だか守られているような心地がした。

「……よし」

今日も目深に被（かぶ）ったフードの位置を調整し、前髪の代わりに目元を覆った淡い桜色のサングラスの位置を確かめ、深凪は千華学園（せんかがくえん）の敷地（しきち）内へ足を踏み入れた。深凪の歩みに合わせて、ふたつに結った髪と翡翠（ひすい）のネックレスがそれぞれ服の外と中で躍る。

今日の深凪の髪は緩くサイドが編み込みにされていた。『戦う深凪に、強くなれるおまじないをかけておこうね』と楓がアレンジをしてくれたものだ。『こうしておくとフードを着たり脱いだりしても髪がほつれにくいのさね』と言っていたから、今は髪が短い楓も一時期は髪を伸ばしていたのかもしれない。

『私……学校に、行きたい……です』

深凪が祀鶴と楓の二人にそう切り出したのは、暁荘を訪れた翌日の夕食の席だった。深凪の発言に二人は少し驚いた顔をしていたような気がする。

『私が、呪術を扱えない人間であることは、変わらないけれども。……こんな私でも、学べることがあるはずだと、気付いたのです』

一日考えて得た結論をゆっくりと口に出すと、楓は嬉しそうに微笑んでくれた。一方祀鶴は少しだけ眩しい物を見るような笑みを浮かべた後に難しい顔をしていたように思える。

『お前がそう考えたならば尊重してやりたいが、身の安全の確保って点がなぁ』

『学園の中は、よっぽどマズいことはできないんじゃないかい？』

深凪の立ち位置は櫻木派が壊滅した直後よりも難しくなっていると祀鶴は説明してくれた。

そもそも、四季咲筆頭櫻木本家で生き残ったのが櫻木の血を引かない深凪であった、という時点で深凪の取り扱いに関しては複雑なものがあったらしい。そんな深凪が自発的に櫻木の全権をオークションに掛けてしまい、錦野当主である祀鶴が落札した。

つまり櫻木の生き残りである深凪が錦野に身売りをしたとも、櫻木と錦野が手を組んだとも周囲からは見て取れるのが今の状況であるらしい。

櫻木派の生き残りがそんな深凪をどう見ているのか、他派から錦野への嫌厭が深凪にどう降りかかるのかも分からない今、元の生活をそのまま取り戻すことは難しいというのが祀鶴の意見だった。

『ただ、じゃあずっと隠れて生きていくしかねぇのかと言ったら、それもまた下策ではあるよな』

祀鶴の説明にも、きっと深凪は静かな表情を変えなかったのだろう。説明している間つぶさに深凪の表情を観察していた祀鶴には、それだけで深凪の意志の固さが伝わったに違いない。

祀鶴は強気な笑みを閃かせると、深凪にこう言った。

『対策を考える。ちょっと時間が欲しい。明日の夕飯までには何か言えることができているはずだ』

その発言を聞いたのが、三日前の夜だった。

――祀鶴と楓さんが、私に変わるチャンスを作ってくれた。

祀鶴は約束通り、深凪が再び学校に通えるように取り計らってくれた。連絡用に祀鶴が契約してきたスマホを持ち歩くことと、校門前まで楓に送迎してもらうこと、という二点を守ることを条件に、深凪は今日から千華学園に復学する。深凪に課された条件は拍子抜けするくらい簡単に守れる二点だけだったが、祀鶴は恐らく裏で深凪の復学を果たすために色々と暗躍してくれたに違いない。

──私は、もう、うつむかない。

『楓さ……楓、さん』

櫻木家が壊滅した時、深凪の制服も勉強道具も全て瓦礫(がれき)に埋もれてしまった。そんな深凪のために、昨日一日楓は買い物に付き合ってくれた。制服こそ楓のお古だが、深凪の足は新品のローファーに通されているし、鞄(かばん)も荷物も楓と一緒に色々揃(そろ)えた物だ。今日の持ち物の中には新品の他にも、楓が譲ってくれた物もあれば、祀鶴が譲ってくれた物もある。

『あの……私の前髪を、切っていただけないでしょうか?』

必要な買い出しが終わった後、深凪は勇気を振り絞って髪を整えてほしいと楓に願い出た。

長い前髪が深凪の目を守る役目も負っていると知っていた楓は深凪の申し出に驚いていたようだったが、深凪は真っ直ぐに楓を見上げて自分の気持ちをぶつけた。

『うつむくこと以外に、眩しさを乗り越える手段があると、私は教えていただきましたから』

そう口にした深凪に、楓は心の底から嬉しそうに笑ってくれた。

前髪を短くするついでに髪全体を見映え良く整えてもらった深凪は、それだけでもう別人のように見えた。祀鶴の家に移って約二週間、三食温かい食事を食べ、毎日お風呂で温まり、柔らかな布団に包まれて安心して眠ることで、顔つきから肌艶まで色々と変わったのかもしれない。

『……やる』

淡い桜色のサングラスは、今朝の朝食の席で祀鶴からもらった物だった。不意に可愛らしいメガネケースを差し出した祀鶴に楓が目を真ん丸にして箸を取り落としていたから、恐らく祀鶴は楓にも内緒でこのサングラスを用意していたのだろう。無骨で荒っぽい祀鶴から差し出されるには愛らしすぎるメガネケースも、その中に収められていたサングラスも明らかに新品で、祀鶴が深凪のためにわざわざこれらを買い求めてきてくれたのだろうということは説明されなくても理解できた。

『授業中までフード被りっぱなしってわけにはいかねぇだろ。これくらいの色だと、掛けてる時に顔を見ても明らかに色入だってのは分かりづれぇけど、掛けてると格段に眩しさは軽減されるはずだからよ』

説明を口にしながらも、祀鶴の視線は明後日の方向を向いていた。その顔がほんのりと赤かったように見えたのは、深凪の気のせいだったのだろうか。

——大丈夫。私は、独りじゃない。

生きてきて初めて、そう思うことができた。

昇降口で靴を履き替え、校舎の中に入る。深凪が歩みを進め始めても周囲が深凪に注意を払うことはなかった。ただ時折チラリ、チラリと視線が飛んでくるのは分かる。恐らく深凪だから視線を向けているわけではなく、制服の上からパーカーを纏い、さらにフードまで深く被った姿が異様に見えるだけなのだろう。

『錦野派の人間は皆、少なからず通る道だ。個性だと押し通すか、空気を読んで脱ぐかは自分で決めろ。TPOってやつだけ最低限気にしてれば最悪どうとでもなる』

不意に今朝、臨戦態勢になった深凪を見た祀鶴がそう言っていたのを思い出した。その瞬間、余計な力が入っていた肩からスッと力が抜けていく。

――私もすっかり『錦野派』の一員なのですね。

その何気ない言葉が、こんなにも深凪の背中を押してくれる。

「……よし」

階段を上り、さらに廊下を進み、自分の教室の前に立った深凪は、ドアを開く前にもう一度深呼吸をした。小さく呟いた時には、大きな制服とパーカーに包まれた手がドアに向かって伸びている。

いつも重いと感じていたドアは、カラリと軽やかに開いた。その瞬間、教室を満たしていたざわめきがしん、と水を打ったように静まり返る。

その静けさに怯みそうになりながらも、深凪は顔を上げたまま教室に踏み込んだ。下手をしたら自分の机は片付けられてしまっているのではないかと思っていたのだが、深凪の席は変わることなく窓際の一番後ろにポツンと置かれている。

静まり返った教室の中を同じくらい静かに進んだ深凪は、自分の机に鞄を下ろすとまず窓のカーテンを引いた。それから椅子を引いて腰を下ろし、ほっと小さく息をつく。

「……おいおい、マジかよ」

「出来損ないだけが生き残ってたって話、ガセじゃなかったのか」

「櫻木家があんなことになってるのに、平然と出てくるってどういうこと？」

「櫻木本家の何もかもを勝手に錦野に売り払ったって話だよね？」

「えぇ？　我が身可愛さに錦野に身売りしたって話じゃなかったぁ？」

そんな深凪の一挙手一投足を見守っていた教室にざわめきが戻ってくる。その大半が深凪に関する話題のようだった。

だが深凪はそのどれにも耳を貸さないまま鞄から勉強道具を取り出す。教科書は机の引き出しに入れっぱなしにしてあった。もしかしたら中身が無事ではないかもしれないから、後できちんと確かめて必要な物は再購入してこなければならないだろう。

いつかかけてもらった分のお金は返せたらいいのだけど、と散財させていることに申し訳なさを感じた、その瞬間だった。

「……ちょっと、櫻木さん」

フッと視界に影がかかるのと、険に溢れた声が落ちてくるのはほぼ同時だった。顔をあおのけてみれば、深凪の前面から右手側を囲うようにして三人の女子生徒が立っている。恐らくクラスメイトだったはずだ、ということしか深凪には分からない。

「何あんた呑気に学校なんて来てんのよ。櫻木の家があんな大変なことになってんのに」

「この学校の生徒が何人犠牲になったと思っているの？　あなたそのことに対して何とも思っていないわけ？」

「説明しなさいよ！　あんただけがのうのうと日常生活に戻れると思ったら大間違いなのよっ！」

──来た。

浴びせかけられる怒声に深凪はグッと拳を握りしめる。

『お前の姿を見たら、理不尽に絡んで怒鳴りつけてくる人間は少なからずいるはずだ』

復学したい、という旨を伝えてから、祀鶴も楓も折に触れて想定される事態への対処を一緒に考えてくれた。その大半は『浴びせかけられるだろう理不尽な仕打ちにどう対処すべきか』というものであったと思う。

『最大権力者にして最大派閥であった櫻木家の壊滅は、呪術師達にとって未曾有の大災害……まぁ大きな恐怖として打撃を与えている。その恐怖を紛らわしたいがために、周囲はお前から理不尽な方法で情報を搾り取ろうとするはずだ。簡単に言ってしまえば八つ当たりと恐喝だな』

　まともに相手をする必要はない。ただ初手での対処はバチッと強めにしておけ。初手で相手を怯ませられれば後は楽だ。

　そう語った祀鶴に思わず『慣れていらっしゃるの、です……か？』と問いかけた所、『昔俺も理不尽に色々とやられたからな』と祀鶴は言っていた。あくまでサラリと返されたが、散々辛酸を嘗めさせられた末に得た対処法なのだろうということは一瞬祀鶴から溢れた殺気で何となく察してしまった。

「……櫻木家の壊滅については、現在調査が進んでいます。必要な場所には、その情報が、必要なだけ回っているはずです」

　今まで何を言われてもうつむいて身を縮めるだけだった深凪が、怯まないどころか何かを言い返してくるとは予想もしていなかったのだろう。深凪が静かに言葉を紡いだだけで女子生徒が三人とも目を瞠り、無意識のうちに一歩後ろに下がる。

「ですから、あなた達には、教えられません」

「なっ！」

「あなた達が聞かされていないということは、あなた達には必要のない情報、ということです」

「っ……！」

深凪は真っ直ぐに女子生徒達に顔を向けた。たったそれだけで女子生徒達の足がさらに一歩後ろに下がる。

「授業、始まりますよ？」

最後にひと押しした瞬間、予鈴の鐘が鳴った。ワナワナと怒りに体を震わせた女子生徒達は深凪をギッと睨み付けるが、結局何も言い返すことなく自分達の席へ散っていく。

――良かった……

その後ろ姿に、深凪は周囲に勘付かれないようにそっと肩の力を抜いた。深凪と女子生徒達のやり取りを教室中が聞いていたのか、教室を満たすざわめきの種類が先程とはわずかに変わっているような気がする。

――言い返されたり、手を上げられたりしていたら、さすがに負けていたと思いますし。

祀鶴と楓は揃って拳を固めながら『殴られたら容赦なく殴り返せ』『向こうが先に殴りかかってきたなら、こっちからやり返すのは正当防衛だから大丈夫なんだよ』と言っていたが、さすがにそれは深凪にとってハードルが高すぎる。

――でも、護身術くらいは、習えるならば習った方がいいのかもしれません。

今は深凪の思わぬ反論に引いてくれたクラスメイトだが、いつこの状況に慣れ、理不尽がエスカレートするかは分からない。そんな状況が予測できているならば、自分に取れる対策はしておくべきだ。

——うつむかない、ために。

祀鶴が深凪の中に見た『強さ』を、本物の強さにするために。

深凪はもう一度その決意を新たにするとスルリとパーカーのフードを外した。薄く色が入ったレンズに守られた視界は、明るさを保ちつつも眩しさは感じない。

広がった視野で教室を見つめて、深凪はコクリと喉を鳴らす。

深凪の『戦い』が始まった瞬間だった。

スマホ、というものがどういう代物かということは知っている深凪だが、祀鶴から端末を与えられるまで実際に触れたことは一度もなかった。
復学してから初めて迎える金曜日を無事に乗り切った深凪は、ほっと息をつきながら慣れないスマホに恐る恐る指を滑らせる。
——そういえば錦野の皆さんは、こういう機材も器用に使いこなしていらっしゃいますよね。
櫻木本家では遠方の人間と連絡を取る際、用いられるのはもっぱら式文や式を介した音声通話だった。他にも呪術で片付けられることはほとんど呪術が用いられていて、思えばスマホもパソコンもその他ハイテク機器も櫻木家で役立てられているのはほとんど見た覚えがない。

深凪と同世代でスマホやパソコンに日常的に触れていてもおかしくない華織でさえその傾向があった。『現代の機器に頼らずとも何でも呪術で片付けることができる』という姿をいかに周囲に見せつけられるかというのが、櫻木家の一種のステータスだったのだろう。

スマホを与えられて、操作を教えてもらっていた時にそのようなことを祀鶴と楓に話してみたら、二人は『理解できない』という顔のまま首を傾げていた。

『式文？　やれないことはないが、今の世の中スマホで電話かけた方がよっぽど確実だし効率もいいぞ？』

『まだそんな非効率的なことしてる輩がいたのかい？　よっぽど周囲に権威を見せつけたいんだねぇ』

無駄に呪力を消費するし、術師にしか連絡が取れないし、時間もかかるし、人目も気にしなければならないし、確実に相手に届く保証もない。そんな不確かな物に頼るよりも便利な物は上手く取り込んでいくべきだ、というのがどうやら錦野派の総意らしかった。

——確かに、とても便利です。

メッセージアプリを開き、慣れない指先で楓とのトーク画面を開く。この数日で何とかこの流れを淀みなくこなせるようになってきた。

『無事に終わりました。お迎えをお願いできますか？』

　いつもと同じ代わり映えのないメッセージを入力して送信ボタンを押すと、シュポッと可愛らしい音が鳴った。常に気にしてくれているのか、既読マークはいつもすぐにつく。今日も楓から『ＯＫ！』という可愛らしいスタンプが返ってきたことを確認した深凪は、スマホを制服のポケットに片付けると窓辺のカーテンに近寄った。

　授業が全て終わった教室は閑散としている。授業が終わり次第楓にメッセージを送り、楓の車が校門脇に止められるのを確認してから校舎を出るのがここ最近の深凪のルーティンだった。過保護すぎやしないかとも感じるのだが、深凪のためを思って行動してくれている祀鶴や楓の気遣いを無下にはしたくない。

　そう思えるようになったことが、深凪には少し嬉しかった。

　――そういえばここからも、チラリと校門辺りが見えるのでしたね。

　窓辺に引かれたカーテンを束ねながら、建物越しにはるか彼方に見える校門辺りに深凪は視線を投げる。ほとんど隣の校舎に阻まれているし、距離も遠くて定かではないのだが、深凪がいる窓辺からは校門の端とその周囲の塀が見えている。

「……えっ？」

　校門の方へ視線を投げた深凪は、次の瞬間思わず窓ガラスに貼り付いていた。一瞬自分の見間違いを疑ったが、やはり校門脇に温かい赤色の軽自動車の姿がチラリと見える。

「え、楓さん、もう到着されて……⁉」

楓は深凪を送り届けた後、そのまま車を走らせて隣に建つ千華学園大学に登校しているらしい。隣と言っても高等部に輪をかけて敷地が広大な千華学園大学は、高等部の正門から大学の正門までの距離が電車で二駅分くらい離れているのだという。さらに楓が所属している医学部が入っている棟は高等部から一番離れた奥にあるそうで、深凪が連絡を入れてから楓が到着するまではいつも二十分くらい時間がかかる。教室から連絡を入れた深凪がゆっくりと昇降口に向かっても、昇降口前でのんびりと空を眺めていられる余裕があるくらいの時間感覚だ。

——でも、あの紅葉みたいな独特な色も、丸みを帯びた車体も、間違いなく楓さんの車、ですよね？

千華学園の生徒を送迎する車は、ほとんどが黒塗りの高級車だ。そんな中、楓の赤い軽自動車はロータリーに入ってこなくても非常に目立つ。

——もしかして、何かご事情があって私が連絡するよりも先に大学を出発されていたのでしょうか？

とにかく、楓を待たせるのは申し訳ない。どうしてこんなに早く着けたのか事情は合流してから訊くとして、まずは楓の所に向かわなくては。

深凪は慌てて鞄を掴むと廊下へ飛び出した。走ると歩くのギリギリ瀬戸際の足運びで廊下を進み、階段を降り、自分に出せる精一杯のスピードで昇降口に向かう。途中でパーカーのフードを被り、フードがずり落ちないように手で押さえながら進むことも忘れない。不審者じみた格好の深凪がパタパタと騒がしく廊下を進む姿に周囲の生徒が視線を注いでくるのが分かったが、今の深凪にはそれも気にならなかった。

——そうか、私。

自分の足を急がせているのが『楓を待たせる申し訳なさ』ではなくもっと明るいものであることに気付いた深凪は、思わず口元を緩める。

——早く、『家族』がいる家に、帰りたいんだ。

『お帰りなさい』と言ってくれる二人の声が早く聞きたい。その声が聞ける瞬間を思うだけで、胸の奥がこんなにも温かくなる。

深凪はその熱を力に変えて校門へ真っ直ぐに駆けていく。校門から外へ出れば、楓の車はすぐそこだ。フロントガラスが光を反射していて運転席に座る人物の姿はよく見えないが、やはりあの車は見慣れた楓のものに違いない。

「楓さん！」

顔が輝くのを感じながら、深凪は助手席側のドアの隣に立った。中を覗きながらコンコンッと窓を叩けばカショッという軽快な音とともにドアのロックが外れる。やはり中に乗っていたのは楓で、深凪の姿を見た楓はにこやかに笑うとヒラリと手を振ってくれた。

その姿が一瞬……深凪が車のドアを開いた瞬間に揺らいだように見えたのは、眩しさゆえの錯覚だったのだろうか。

「ただ今帰りました！」

揺らいだ視界に違和感を覚えながらも、深凪は助手席のシートに腰を降ろす。

「あの、メッセージを送ってから、到着、すごく早かったのですね。何か事情が……」

「あぁ、ちょっとね」

一度覚えた違和感が明確になったのは、楓が深凪の問いに軽やかに答えてからだった。

――え？

聞きたい言葉がもらえなかったことに深凪は目を瞬かせる。

ソロリと視線を向ければ、確かにそこには楓がいる。赤茶色の髪と、紅樺色の瞳。目元には薄く茶色が入ったサングラス。見慣れた上着とフード。声だって特徴的なかすれを帯びた穏やかな丸い声。

でも。

「……っ！」

「おっと。存外鋭い」

まだ閉まり切っていなかったドアから車外へ身を投げようとした深凪を楓は左腕一本で

止める。グイッと引き寄せられる力に負けて深凪の体は完全に助手席に収まった。顔から外れて飛んだサングラスが手元に落ちる。かろうじてドアに挟まっていた鞄が外に落ち、運転席の手元にあるボタンで操作された助手席のドアはバタンッと勝手に閉じた。

――これは楓さんじゃないっ！

混乱と恐怖に思考が焼ける。

それでも深凪はキッと、己の右腕を掴んで離さない、楓に擬態していた何かを睨み付けた。

「あなたは、誰っ⁉」

「さぁ、誰でしょう？　でも少なくとも、君とは縁が深い人間だと思うよ？　櫻木深凪ちゃん？」

深凪を掴んだ腕から相手の姿がノイズの中に飲まれていく。

車の内装ともどもノイズに返った中から姿を現したのは、深凪には見覚えがない金髪金眼の青年だった。深凪と同年代かと思われる青年は深凪の腕を取ったままニマニマと軽薄に笑うと、黒いスポーツカーに姿を変えた車のアクセルを踏み込んで車を急発進させる。

「っ、何をっ！」

「なるほどぉ、『玉兎』みたいな吸収体質かぁ。そりゃあ俺の幻術も勝手に破れるし、平町の怨霊相手にあんな真似ができちゃうわけだよねぇ～」

急な加速のせいで体がシートに押し付けられる。変な体勢のまま腕を取られているせいで不自然に体が軋んだ。信号も周囲の車も気にしないでハンドルが切られるせいで体が遠心力に振り回される。

それでも深凪は運転席の男を睨み付けて口を開いた。

「あなた、平町商店街の怨霊を、知っているのですかっ⁉ どうして……っ！」

「そりゃあ俺が仕込んだことだもの。深凪ちゃん達が現場に踏み込んできた時だって、ちゃぁんと遠見の術でリアタイしてたってぇ」

「なっ……！」

──つまり、この人が。

平町商店街の現場で、祀鶴は黒幕の存在を示唆していた。

掲示板を利用して地縛された怨霊の元に人を集めている人間がいるはずだと。さらにはそもそも怨霊を生むために店主の女性を詐欺にかけた人物からして仲間なのかもしれないと。

その人物が今、深凪の目の前にいる。

「ちなみにね」

深凪の瞳に宿る険が鋭さを増したことに気付いたのだろう。スピードメーターを針が振り切るくらいアクセルを踏み込んだまま、男は深凪を流し見てニヤリと笑みを深めた。

「櫻木碧を怨霊に堕としたのも、この俺さ」

「っ!?」

「ねぇ、じぃ～っくり、話をしようじゃないか、深凪ちゃん」

衝撃。怒り。驚き。不快感。恐怖。悲しみ。戸惑い。

何が自分を貫いたのか、深凪には分からなかった。

ただ分かったのは、その感情の大きさだけ。

「呪術界に虐げられてきた者同士、さ」

考えるよりも先に深凪は体をよじって左腕を男に向かって伸ばしていた。

何がしたかったのかは分からない。猛スピードで走っている車中で運転席にいるこの男を害したら自分だって無事では済まないということは、頭の中から吹き飛んでいた。

だが深凪が我に返るよりも早く、男は深凪を摑んでいた腕を離すと顎を下から掬い上げるようにして深凪の体を弾き飛ばしていた。低い天井に頭がぶつかり、次いで後頭部と背中が助手席側のドアにぶつかる。

「っ、ぅ……！」

「ははっ！　さすがは錦野で預かられていただけはある。二週間足らずで調教済みか」

脳が揺れたのか、意識が徐々に霞んでいく。何とかして逃げなければならないのに、手足に力が入らない。

——祀鶴、楓さん……

ジワリと目元に涙が滲んだのが分かった。

闇に飲まれていく意識が、今まで一度も抱いたことがない思いを叫ぶ。

——助けて、祀鶴。

消えゆく意識で必死に叫んだのを最後に、深凪の意識は完全に闇の中へ落ちた。

◆◆◆

呪術師の勘というものは、得てしてよく当たるようにできている。『嫌な予感』に限定してしまえば、その的中率はほぼ百パーセントだ。

錦野に入った依頼を片付けるために学校を早退して依頼先に出向いていた祀鶴は、ポケットの中で震えたスマホに指を伸ばした。その時点からヒタヒタと、冷えた手に無遠慮に体を撫で回されるような嫌な予感はどこかで感じていた。

——楓？

一番嫌なパターンならば錦野本家を預かってくれている重役達からかと思ってスマホを見たのだが、表示されていたのは見慣れた楓のものだ。

そのことに拍子抜けしながらも、次の瞬間祀鶴の背中には氷塊を滑り落としたかのような寒気が走っている。

——もしかして、深凪に何かあったか？

そう思った瞬間、指は無意識のうちに応答のアイコンをフリックしていた。足はすでに現場を後にすべく歩き出している。

「もしもし」

『祀鶴、深凪がどこにもいないのさねっ！』

——当たった。

電話が繋がると同時に飛んできた声は、祀鶴の全身からザッと血の気を奪っていく。

『授業が終わったって連絡が来たから迎えに行ったんだけど、ちっとも姿を現さなくてっ！　中まで迎えに行ってもどこにもいないんだっ！　それでっ、それで、校門沿いの道路に、深凪の鞄が落ちててっ！』

「落ち着け。本当にそれは深凪の物だったのか？」

『あたしがかけた術式が残ってた。確実に深凪の鞄さねっ！』

——やられた……！

涙声で叫ぶ楓の声に祀鶴は思わず鋭く舌打ちを放った。

深凪の身は、深凪自身が自覚している以上に周囲に狙われている。櫻木の生き残り、他派、千華学園、呪術界に害を為そうとしている輩、どちらを向いても皆が皆、それぞれの思惑の下、深凪の動向に目を光らせていた。

祀鶴が一番懸念していたのは、櫻木本家を潰したであろう黒幕が深凪の身を狙うことだった。

櫻木本家に櫻木派の重鎮が集う宴席で、櫻木の女主人であった碧がいきなり怨霊に堕ち、さらに櫻木を壊滅に追いやるなどという事態が自然発生するはずがない。碧が怨霊に堕ちる理由もなければ、堕ちた碧が見境なく櫻木の呪術師達を喰らい、屋敷を木っ端微塵に消し飛ばすほど暴れる理由もない。

恐らく誰かが宴席に乗じて櫻木本家に忍び込み、碧を殺害。その恨みと死の穢れを以って碧を怨霊に堕とし、使役術を駆使して櫻木を壊滅させたのだろうというのが祀鶴を含めた錦野中枢の推測だ。

黒幕が意図的に深凪を生かしたのか、たまたま深凪が生き延びてしまったのかまでは分からない。だがどちらにしろ黒幕は生き残りである深凪に無関心ではいられないはずだ。

そう推測していたからこそ、祀鶴は深凪の復学に際しては水面下で様々な対策を施した。スマホを持たせたのも防犯の一環だったし、深凪が気付いていない所で深凪の持ち物には祀鶴と楓によって片っ端から守りの術式が掛けられている。本来ならば櫻木家の一件に関して報告する義務もない千華学園にわざわざ錦野が把握している情報を流したのも、他三家にそれとなく黒幕の存在に関して注意を促したのも、全ては深凪を見張っているであろう黒幕に対抗するためだ。

——その全てを掻い潜って深凪への接触に成功したってことか。

「楓。鞄の中にスマホは入ってたのか？」

『え？』

「深凪のスマホ。鞄の中に残ってたり、現場に落ちてたりしたのか？」

己の見込みが甘かったとしか言いようがない。事件が完全に解決するまで深凪を祀鶴の家に軟禁しておいた方が深凪のためだったのかもしれない。

だが。

『え、う……ううん。スマホは、見つかってないよ』

「だったらGPSで居場所を探索してみろ。何か手がかりが摑めるかもしれない。こういう、ことを想定して、お前が色々と細工をしておいた。そうだろう？」

——綺麗だと、思ったんだ。

祀鶴があのオークション会場にいたのは、オークションそのものが目的ではなく、そこに集う人間とのコネクションを得るためだった。

普段一般人からの依頼を主に受けている錦野は、どうしても呪術師同士の繋がりが弱い。呪術師からの依頼も積極的に受けることで何か繋がりを作れないかと考えた結果、とにかく呪術師が集う場所に潜入しようという結論に行き着いて祀鶴はあの場に出向いていた。

だからあの日の壇上にどんな商品が並べられていたのかを、祀鶴はほとんど覚えていない。

ただひと品、最終の競りで壇上に進み出た、赤ふきの白無垢を纏った少女を除いては。

「呪術も技術も使える物は全て使って行方を追うんだ。他の人間にも連絡して協力してもらってくれ。俺の名前の下に命令してくれればいい」

光が苦手なのだろうなということは、目がすがめられた顔を見れば分かった。人気に慣れていないことは、強張った肩を見れば分かった。

豪奢すぎる衣装に着られるようにして立っていた、いかにも不健康そうな少女。『櫻木深凪』という、櫻木にあって『咲かずの櫻』と蔑まれてきた無能力者。

そうでありながら深凪は、あの場で決して顔を伏せようとはしなかった。会場を満たしていたのが己にとって敵意と猜疑と蔑みに満ちたものであると知りながら、己を売りに出した少女は、決して卑屈になることも媚びることもなく、ただひたすらに凛と顔を上げ続けていた。

少女の顔に、祀鶴はかつて自分も過ごしてきた暗い日々の片鱗を見た。

そうでありながら彼女には、底知れない覚悟があった。決して引きはしないと、その覚悟を成就させるためならば身売りさえ厭わないという気迫が、そこにはあった。

……自分にそんなことができるだろうかと一瞬考えて、答えはすぐに出た。

きっと自分には、あんな覚悟はできやしない。

錦野を背負って立つ自分にさえ、あんな覚悟はできない。

だから、強いと思った。絶望を湛えていながら決して折れない瞳を、綺麗だと思った。

そう思った時にはもう、祀鶴は入札に名乗りを上げていた。

「宵宮にも俺の名前で連絡を回せ。宵宮経由なら学園の防犯カメラの映像くらいいくらでも漁れるだろ。それから『裏』にも話をつけてくれ。人手が足りない。使えるもんは全部使うぞ」

深凪が『学校に通いたい』と切り出した時、祀鶴はその瞳の奥にあの時にも感じた強さを見た。

深凪の身の安全を守るために、事が解決するまで深凪を囲い続けるのは簡単だ。だがその甘さは、いずれあの強さを潰してしまう。

それは決して深凪のためにはならない。いずれ深凪だって己の足で立って、己が見定めた先に向かって歩き出さなければならないのだから。美しく咲き誇ろうと蕾を膨らませ始めた花を手折ることなど、誰にも許されはしない。

だから祀鶴は、深凪の復学を支援した。そんな深凪を守り切れなかったのは、深凪の過失ではなく祀鶴達の失態だ。

「俺も一度そっちに合流する。家で落ち合うぞ」

一通り指示を出し終える頃には楓も落ち着きを取り戻したようだった。

分かったと答える声を確かめてから通話を切った祀鶴は、改めて地を蹴る足に力を込めながら低く声を漏らす。

「俺の『家族』に手を出しやがったな」

底に冷え冷えとした殺意を落とし込んだ声に、怯（おび）えるように大気が震えた。

「タダじゃ済まさねぇ。覚悟しやがれ」

——絶対に助ける。

その覚悟とともに、祀鶴は宵闇の中を駆けていった。

【陸】

……声が、聞こえたような気がした。

「碧様、碧様ったら！」

清らかな水の流れを思わせる、透き通った声だった。

不思議と懐かしさを覚える声に目を開くと、自分を覗き込んでいる瞳と目が合った。微かに藍色がかった漆黒の瞳は、視線が合った瞬間柔らかく細められる。

「こんな所で寝てしまわれるなんて。旦那様に見つかったらまた『櫻木の重鎮たる桜庭家の娘たるもの』というお説教を聞くことになりますよ」

まだ幼いと形容してもいい年頃の少女だった。言葉で深凪をたしなめ、腰に両手を当てて怒っていることをアピールしていながら、その顔には柔らかな笑みが浮いている。

——誰？

幼いながらも整った顔立ちをしていると分かる少女だった。纏っているのは使用人のお仕着せだとすぐに分かる地味な着物だが、少女が纏っているだけでまるで晴れ着であるかのように全てがパッと華やいで見える。

『翡翠(ひすい)』

不意に、深凪の意識のどこかから声が聞こえてきた。

――この声、は。

こちらは間違いなく聞き覚えがある声だった。深凪の記憶にあるこの声はいつも尖(とが)ってばかりいたが、深凪がこの声を聞き間違えるはずがない。

――碧様。

しかしなぜ今、碧の声が己の内側からにじむようにして聞こえてくるのか。そしてこの目の前の光景は一体何なのか。

その声に戸惑っている間に、深凪の口は勝手に言葉を紡いでいる。

「だって、こんなに気持ちのいい日なのに。みんなここでゆっくりこの桜を見上げていれば分かってくれるはずだわ。ここでお昼寝したくなる私の気持ち」

「碧様。そのお気持ちは分かりますけれど、今日は大切なお席なのですから……」

「ちょっと、翡翠まで私の味方をしてくれないの？」

今度は頰が勝手にプクリと膨れた。口が動いている感覚はあるのに、喉から滑り出てくる声は碧の声で、深凪が思ってもいない言葉が勝手に紡がれていく。

そのことに深凪が戸惑っている間に、目の前の少女は困ったように眉を寄せた。

「そんなことありません。私は、いつだって碧様の味方ですよ」

「じゃあ翡翠も一緒にお昼寝しよ？　ほら、ここに転がって」

「み、碧様！　櫻木本家から咲夜(さくや)様がいらっしゃるまでもうお時間が……！」

「い一のい一の！」

「碧様〜！　怒られるのは私なんですよぉ〜！」

翡翠。碧。

聞き馴染(なじ)みのある言葉に、深凪はようやく何が起きているのかを理解した。

——もしかしてこれは、記憶？

今の深凪は、碧の視点から碧の記憶を追体験している。深凪は碧の記憶と感覚や意識を共有しているが、碧の中に入り込んだ深凪の意識はただ目の前の光景を見ていることしかできないらしい。

「見て！　翡翠！　中等部の制服！」

「よくお似合いですよ、碧様」

「ね、ね！　翡翠も着てみてよ！　翡翠も私と一緒に千華学園(せんかがくえん)に通うんでしょう？」

「はい。幸い、特待生の枠も取れましたし……」

「さっすが私の翡翠！　翡翠、頭いいものね。呪術の腕前だってピカイチだし！」

「恐れ入ります。先生役を引き受けてくださった碧様の腕が良かったおかげですね」

次に目を開いた時、深凪の目線の高さは急に高くなっていた。姿見を覗き込む顔は、幼さが多分にあるものの、確かに碧の顔をしている。そして少し離れた場所に膝をつき、眩しい物を見るかのように微笑む少女は、深凪を思わせる顔立ちをしていた。

——お母様、なのですか？

「咲夜様と同じ学校ですね、碧様」

翡翠の言葉に、姿見に映り込んだ碧の顔は照れたような笑みを浮かべていた。

「喜んで、くださるかしら？」

「お喜びになるに決まっています。碧様と咲夜様は婚約者でいらっしゃるのですから」

「そう、よね。……そうよね！」

パッと顔を輝かせた碧は跳ねるように畳の上を進むと翡翠の手を取った。翡翠を引っ張り上げるようにして立たせた碧は、真っ直ぐに翡翠を見上げて笑う。

「楽しみだわ！　翡翠と、咲夜様と一緒に学校に通えるのね！」

「ええ」

ニコリ、と翡翠も柔らかく笑みを返した。柔らかで温かな碧の手とは違うガサガサに荒れた冷えた手で、それでも翡翠は優しく碧の手を握り返す。

「私も、すごく、楽しみです」

温かな言葉と笑顔に、深凪は切なさにも似た痛みを感じた。

——お母様と碧様は、親友であったとは耳にしていましたけれども。……お母様は、碧様の側仕えでもあったのですね。

同い年の、一番の腹心。

深凪の目には碧と翡翠の関係がそう見えた。

碧が翡翠に全幅の信頼と親愛を向けていることが、感覚が同期している深凪にはよく分かる。翡翠が碧に親愛の情を以って仕えているのも、翡翠の絶えることがない柔らかな笑顔と優しい手で分かった。

――こんなに仲が良い主従であられたのに、碧様は……

深凪のせいであんなに思い出を歪めてしまったのかと、深凪の心は重く沈む。

『翡翠』

ふと、頭の中に響く声が、暗い響きをともなって翡翠の名前を呼んだ。

ハッと目を上げると、場面はまた変わっていた。

視界の中心にいたのは、中等部の制服に身を包んだ男子生徒だった。恐らく彼は若かりし頃の咲夜だろう。碧の意識が彼に強く向いていることと、櫻木直系の特徴である藍色の艶を帯びた黒髪で深凪はそのことを知る。

碧が見つめる先で、咲夜は何かに意識を持っていかれているようだった。ぼんやりと何かに見とれている咲夜の視線の先を追えば、そこにはクラスメイトと談笑している翡翠の姿がある。

ギリッと、心の奥のどことも言えない場所がうずいたような気がした。

それが碧の心に宿った嫉妬心なのだと気付いたのは、その痛みを引き金にしたかのように様々な光景が深凪の前によぎったからだった。

呪術の実技で周囲から称賛を浴びる翡翠。定期考査の順位発表で名前が一番上に並ぶ翡翠。クラスメイト達に慕われ、いつでも誰にでも優しくて、人望もあって、運動も勉強も家事も歌も上手かった翡翠。

大好きな翡翠。

碧では何も勝てない翡翠。

碧の大好きな人の視線さえ奪っていく翡翠。

『さすが桜庭様の側仕えね』と、必ず碧の名の下に称賛される翡翠。

『翡翠、翡翠、翡翠』

モヤリ、モヤリとした黒い感情に、碧はずっと気付かないフリをし続けた。

『だって、どれだけすごくても、結局翡翠は私の召使いだもの』

碧は櫻木派の重鎮たる名門、桜庭家の娘。対して翡翠は櫻木派の末端にかろうじて引っ掛かっていた程度の花宮家の娘だ。その花宮だって翡翠が幼い頃に怨霊討伐の任をしくじって断絶している。たまたま生き残ってしまった翡翠を、桜庭の家が『碧と歳が一緒だから側仕えにちょうどいい』と言って引き取り、住み込みの使用人として使ってきたのだ。

碧は未来の櫻木本家当主の栄えある婚約者。対する翡翠はどれだけ美しかろうとも、呪術の腕が立とうとも、一生碧の召使いだ。実力と同じくらい血統が重視される呪術師の世界にいる以上、翡翠は碧に勝つ術はない。

『咲夜様が一時的に翡翠に目を奪われていたって、いずれは気付くはずだわ。私の方が、圧倒的に咲夜様には相応しいって！』

深凪の意識の中に響く碧の声は、嫉妬心に苛まれながらも、まだ圧倒的な自信に満ちている。

「何を仰っていらっしゃるのですか、咲夜様！」

その自信が打ち砕かれたのは、高校二年生の夏のことだった。

「碧様との婚約を破棄なさるなんて、そんな……！」

「僕は本気なんだ翡翠！」

婚約破棄。

その言葉を聞いたのは、放課後の、人気がない渡り廊下だった。

「碧様は、あんなに一途に咲夜様のことを想っていらっしゃるのですよ！　それを無下にしてまで想う相手なんて……っ！」

「君なんだ、翡翠！」

はっきりと聞こえてしまった声に、熱気にうだっていたはずである世界が凍り付いて割れていくような心地がした。その絶望に、記憶を垣間見ている深凪の心まで凍り付く。

「僕は、初めて出会った時から君を想っていた！　碧との婚約を呑んだのは、君と関わり続ける口実が欲しかったからなんだ！」

……婚約者である、咲夜。碧の価値を、誰よりも分かっているはずである、咲夜。

その咲夜さえ碧よりも翡翠を選ぶのだと、知ってしまった。

「翡翠、僕は君と婚約を結び直したい。もし君が応じてくれるならば……」

「っ、私！　そのような不誠実な方は嫌いですっ！」

だが碧の砕け散りそうな心を繋ぎ止めてくれたのは、その翡翠だった。

「碧様のお気持ちを知っていながら利用なされたなんて……！　最低です！　櫻木本家の次期御当主様であろうとも、許せません！」

「翡翠！」

「私の心は何があってもあなたには傾きません。元からそのような気持ちは、私にはありません。正直、そのような不実な気持ちで、私の大切な碧様に近付いてほしくありませんっ！」

みんなに慕われる翡翠。何でもできる翡翠。碧の婚約者の心さえ奪っていった翡翠。

『そうでありながら、翡翠は私を一番に選んでくれる。櫻木本家の次期当主である咲夜様よりも、私を選んでくれる』

風にアルバムのページがめくられていくかのように、いくつもの光景が深凪の視界をよぎっていった。

その記憶の中で、翡翠はいつだって碧に笑いかけてくれていた。それは翡翠がそれだけ傍にいてくれて、碧が同じだけ翡翠を視線で追っていたという何よりの証だ。

『翡翠、翡翠、翡翠翡翠翡翠』

ずっと、ずっと、一緒だった。

一生一緒で、結局破棄も破談もされなかった婚約に従って櫻木家に嫁いでも、翡翠はずっと傍で仕えてくれるのだと思っていた。

一生自分の親友で、腹心で、従順な奴隷で、碧を愛してくれるのだと、思っていた。

誰よりも優れていた翡翠よりも、自分はずっと無条件で上にいられるのだと、思っていた。

「……えっ？　ど、どういうこと、ですか？」

不意に、記憶のアルバムをめくる風が止まった。

高校卒業を翌日に控えた、初春の日のことだった。

「翡翠が、桜庭の家を出ていく？　しかも、明日？」

碧と翡翠は揃って桜庭の当主夫妻……碧の両親に呼び出された。

千華学園大学進学を目前に控えて、何か訓話でもされるのかと思っていた碧に父が告げたのは、翡翠が高等部卒業と同時に桜庭の家を出ていくことになったという、唐突すぎる別れの話だった。

「だっ、だって翡翠は私の側仕えです！　そんな、そんな勝手なこと……っ！」

「弁えなさい、碧」

「お断りできない筋からのお話なのよ、碧ちゃん。急でも、納得できなくても、呑まなければならないお相手からのご下命で、翡翠はここを出ていくの」

急すぎる話であったのに、翡翠はいつものように柔らかく微笑むばかりだった。どちらかと言えば桜庭当主夫妻の方が困惑しているように見えた。

断れない筋とはどこなのか、翡翠は一体何のために出ていくのかと両親を問い詰めても、両親は碧に何も語らなかった。普段は溺愛している末娘の我儘ならば何でも聞いてくれた両親が、ついぞ口を割らなかった。

「こんなことになってしまって、本当に申し訳ありません、碧様。私も混乱するばかりで、何が何やら……」

口を割らなかったのは、翡翠も同じだった。あんな笑みを浮かべていたくらいだ。翡翠は事情を分かっているはずなのに、翡翠は最後の最後まで何も知らないという態度を崩さなかった。

「本当は、碧様の輿入れにも同行したかった」

『嘘』

「ですが御下命を受けた以上、私は新たに与えられた場所で、精一杯務めを果たすつもりです」

『嘘、嘘！』

碧の悲鳴のような声が深凪の耳を叩く。だがその絶望の叫びを、碧は決して口にはしない。

『翡翠は、逃げたのよ！　私からも、咲夜様からも！』

そうに決まっている。そうでなければならない。

そうでないならば、断れない筋というのはどこなのか。呪術界最大の権力者にして最大派閥である櫻木、その重鎮たる桜庭にそんな無茶を押し付けて断ることさえ許さない存在なんて、呪術界には存在していないはずなのに。

「どうか、お幸せに」

いつもと変わらない柔らかな笑みと、ガサガサに荒れて冷たい指の感触を残して、翡翠は碧の前から姿を消した。そんな翡翠の首には、見慣れない翡翠のネックレスがかかっていた。

碧は最後の最後まで心の内の叫びを口には出さなかった。

行かないで、と口に出してしまえば、自分の負けを認めるような気がしたから。ずっと心の奥底に飼っていた暗い嫉妬心を、正面から認めなければいけないような心地がしたから。

――そんなこと、あるはずないのに。

深凪は思わず心の内で小さく呟く。だが今ここで深凪が呟いたところで碧の意識には届かない。

――もしも、碧様がこの時に、素直にご自身のお心をお母様にお伝えしていたら……

そんなことを思った瞬間、パンッと視界が切り替わった。

「碧、会わせたい人がいる」

穏やかな低い声が、すぐ傍から聞こえた。次いでスラリと、襖が滑らかに開かれる音が続く。

「新たに雇った女中だ。ただ、彼女は妊娠していてね。夏に出産を終えたら、本格的に働いてもらうことになる」

その言葉に視線を流すと、開かれた襖の向こうで平伏している女の姿が目に入った。そんな碧にもっときちんと彼女を見ろと促すかのように、背中に回った咲夜の腕にグッと力が込められる。

「お前も秋になったら子を産む母親だ。身近に同じ境遇の人間がいるのは、何かと心強いし、話も合うかと思ってね」

そこまで言われて、言葉の含みにようやく気付いた。ヒュッと、驚きに喉が鳴る。

「あなた、は……」

咲夜の言葉通りに、平伏している女の腹は大きく膨れていた。臨月間近の腹だと分かったのは、碧自身がこの時華織(かおり)を妊娠していたからだ。

だがそのこと以上に碧の目を引いたのは、伏せられていても分かる整った面立ちと、何気ない所作でも分かる優雅さに見覚えがあったからだ。最後に握りあった時にはガサガサに荒れていた指先は綺麗(きれい)に手入れをされて見違えるように美しくなっていたが、それでも指先まで意識が配られた優雅さはまったく変わっていなかった。

「ひ、すい……なの？」

そこにいたのは、五年前に唐突に碧の前から姿を消し、その後一切連絡も寄越さなかった、碧のかつての腹心だった。

碧が一生奴隷として使っていくつもりだったのに、碧の手元から掻(か)っ攫(さら)われていった、憎くて大好きな翡翠だった。

「何でも、臨月を間近にして腹の子の父親と死に別れてしまったそうでね。頼れる当てもどこにもないと、恥を忍んで我が家を訪ねてきたんだ」

うっとりと視線を注ぐ咲夜を一切視界に入れず、翡翠はスルリと顔を上げた。

相変わらず、憎らしいくらい美しい顔立ちだった。さらに今はそこに柔らかさだけではなく凛とした強さが加わり、思わず碧や、碧の視点で記憶をたどる深凪でさえ見惚れるほどの清廉な美がそこにあった。

「花宮翡翠と申します、奥様」

かつて碧の側近を務めたとは思えないほど堅い挨拶だったが、それが翡翠の新たな立場での所信表明なのであろうということは分かった。翡翠は碧との縁故にすがるつもりはなく、あくまで櫻木派の末端に籍を置く呪術師として主家に仕える心づもりでいたのだろう。

「このような身重で押しかける非礼、お詫びのしようもございません。身二つとなった暁には、全身全霊を以ってお仕え致します」

「そんな堅い挨拶しなくてもいいじゃないか、翡翠。私達は幼馴染のようなものだ。腹の子の父親を亡くして行く当てに困っている上に臨月にある君を放っておくことなんて、できるはずがないだろう？　なぁ、碧」

だがその覚悟が、咲夜にだけは伝わっていないようだった。

そんな咲夜が発した言葉に、深凪はゾクリと寒気を覚える。だが同じ言葉に碧の心はサリッと、見えない手で逆撫でられるような心地を感じていた。

『翡翠が、戻ってきた』

翡翠が自ら櫻木家を頼りに来たのではないことを、碧は分かっていた。行く当てのなかった翡翠をどうにか見つけ出した咲夜が無理やりここまで連れてきたのだろうということは、翡翠と咲夜の温度差を見れば明白だったから。

碧の理性は、そのことを理解していた。

きっと翡翠は悪くない。悪いのは咲夜だ。翡翠は被害者。咲夜の執着の犠牲者でしかない。

だが分かっていても、感情が納得しない。咲夜に愛されたいと叫ぶ自分が、醜い妄想を止められない。

『また私から奪うために、戻ってきたの？』

咲夜の視線を。甘い笑顔を。その心を。

碧よりも勉強ができた翡翠。碧よりも呪術師として腕が立つ翡翠。碧よりも皆に好かれていた翡翠。碧よりも咲夜に愛されている翡翠。

『腹の子は、誰の子？　今まで翡翠は、どこにいて、何をしていたの？』

その場は何とか取り繕ってやり過ごした。だが結局、再び芽生えたどす黒い感情を消すことが、碧にはできなかった。

先に生まれた翡翠の子が黒髪黒眼（くろめ）だったのに対し、自分が産んだ子が藍髪藍眼だった時に感じた愉悦は今でも忘れられない。

『私の子は、咲夜様の子。翡翠の子は、咲夜様の子じゃない子』

おまけに碧の子である華織は生まれながらに呪術師として高い才能を示したのに対し、

翡翠の子である深凪は呪術師としての才を一切受け継いでいなかった。

自分では勝てなかった翡翠に、ようやく勝てた。

碧が内心でそう思っていたことを、恐らく翡翠は知っていたのだろう。咲夜は事あるごとに翡翠を自分達の傍に置きたがったが、翡翠は何かと理由をつけてその申し出を断っていた。その代わり掃除も炊事も呪術師としての仕事も、どんなに皆が嫌がる過酷な仕事でも翡翠は嫌な顔をひとつもしないでよくこなした。その働きぶりに当初は『御当主様の愛人か』と冷たい目を向けていた使用人達が『翡翠さん』と温かい声をかけ、翡翠が働いている間、代わる代わる深凪の子守をし始めたくらいには、翡翠の勤勉な働きぶりは皆が知る所だった。

そのことが碧には、昔を思い出して誇らしくて。同じくらいに、憎らしくて。

——もう、やめて……！

両極端すぎる心に、深凪の心まで悲鳴を上げる。目を閉じ、耳を塞いでしまいたいのに、碧と意識が同化している深凪には耳目を閉じることさえ許されない。

「翡翠さんが……！」

その嵐が、ふと凪いだ。

また視界がパンッと切り替わる。

深凪の視界に飛び込んできたのは、病院の霊安室だった。無機質な部屋の中には、薄く線香の香りがたなびいている。

「ひっ、翡翠……翡翠……っ！」

深凪の視線の先で、床にくずおれた咲夜が、外聞もはばからずに慟哭の声を上げていた。

その傍らには幼い深凪が状況を理解できないままキョトンと立ち尽くしている。

――これは……

その光景に、深凪はおぼろげながら覚えがあった。

翡翠が、櫻木の呪術師として派遣された先で予期せぬ襲撃に遭い、命を落とした。

深凪と華織が三歳になった年の、冬のことだ。

怨霊に喰われたならば遺体は残らない。良くて首だけか、あるいは腕や脚の一、二本といったところだが、碧の記憶の中にある翡翠の亡骸は部位欠損もなく綺麗なままだった。

記憶の中で交わされる会話に耳を澄ましていると『妖怪や怨霊の類の襲撃ではなく、どこぞのはぐれ呪術師の襲撃を受けたらしい』ということらしい。

母の死を理解できない実の娘よりも、幼少期から長い時間をともにしたかつての親友よりも、何も関係がない咲夜が真っ先に泣き崩れ、いつまでも泣いていた。

『ああ、私は』

その光景に、今までで一番凍て付いた声が響いた。

『結局、勝てなかった』

碧は、翡翠にはなれなかった。色が一緒でも、ただの緑の石ころでは宝石にはなれなかった。

『私は、翡翠に、なれなかった』

その声に深凪は思わず凍り付いた。それでもなお余りあるくらいに、こぼれ落ちた碧の声はドロドロとした黒い物を纏(まと)わせていて、氷よりも冷え切っている。

——きっとこの時に、碧様は、完全に壊れてしまわれた。

碧が翡翠の首にあったネックレスを人知れずに引き千切って持ち帰ったのは、せめて翡翠から大切な何かを奪い取ってやりたかったからなのかもしれない。いつの頃からか翡翠の首にあった、持ち主の名前の通り美しい翡翠が揺れるネックレス。深凪が見た光景を正確に記憶しているならば、中学生の時にはなくて、桜庭の家を出ていく時には首にかかっていた品だ。

翡翠の亡骸は荼毘(だび)に付され、遺児である深凪は咲夜の強い希望で咲夜と碧の養子として引き取られた。

碧としても、異論はなかった。

感情的な諍(いさか)いはあったが、元々翡翠と碧は親友だ。桜庭の家でともに育った、姉妹のような存在だ。深凪と咲夜の間に血の繋(つな)がりがないことははっきりとしているし、何より華織が優秀な術者であるのに対し、深凪は落ちこぼれ。何も碧のプライドを傷付けるものなどない。

『そう思っていた、はずだった』

櫻木の家のために散った親友の遺児として、愛していけると思っていた。

それなのに。

「触らないで！　穢らわしい！」

パシンッと手に衝撃が伝わった瞬間、我が子よりも細い子供の体はベシャリと廊下に叩き付けられていた。その光景を目にして、ようやく碧はこちらに手を伸ばしてきた深凪の頬を叩き、その勢いのまま床に転がしたのだと気付く。

深凪は、ただ幼子特有の甘えから碧に手を伸ばしただけだ。そこには害意もなければ、特段責められなければならない理由もない。実母を亡くしたばかりの幼子にしては、むしろその甘え方は控えめで、思慮深い行動だったとも言える。

だが今更我に返って、内心でそう言い繕ってももう遅い。幼い深凪は這いつくばるように体を縮こまらせ、モゴモゴと謝罪を口にする。

その姿にまた、碧の胸中には黒いモヤが広がった。

「何を言っているのよ！　ハッキリ言いなさいよ鬱陶しいわねっ！」

『違う、違う、こんなことをしたいわけではないのに……！』

心は悲鳴を上げていたのに、碧の足は容赦なく深凪の体を蹴り上げていた。その光景に、深凪は碧の心の痛みと、目の前で自分を傷付けられる痛み、さらには自分自身の記憶の中にある痛みと三種類の痛みに意識を苛まれる。

――やめて……！　お願い、もうやめて……っ！

なぜ自分はこんな痛苦を味わわなければならないのか。なぜ憎いはずである碧の心の内を知らなければならないのか。

知りたくない。自分が抱えた痛みだけで手一杯だ。

そう深凪の心は叫ぶのに、碧の記憶は止まらない。

広い屋敷の中に、深凪は独りぼっち。いつもうつむいてばかりで、暗くて、日の当たらない場所にばかりうずくまっている。碧自身の手でそんな状況に追いやっておきながら深凪があまりにも鬱陶しくて、碧は深凪の部屋を北側の物置小屋に移した。日々暗く惨めになっていく深凪の姿があまりにも翡翠とかけ離れていたせいか、深凪を養子にすることにあんなに固執した咲夜さえ次第に深凪から関心を失っていった。

碧よりも優れていて、碧よりも愛されていた翡翠の娘は、誰よりも無能で、誰にも愛されていない。

その状況に、碧は体が震えるくらい優越感を覚えていた。甘い甘い感情に、初めて心が満たされたような気がした。

同時に、自分が間違っていることも、自覚していた。

翡翠は、碧の一番の親友だった。いつだって碧の味方で、碧を一番に考えてくれていた。櫻木の女主人として、同じ櫻木派の術師であった翡翠の娘を養育するのも碧の務めであるはずだった。櫻木派に属する術師の模範となるよう、深凪にも公平に接するべきだということは分かっていた。

「あなたのお母様が、大切にしていた品です。何でも、大切な方から賜った物だとか」

その心が勝った時、碧は深凪とさり気なく二人きりになって、翡翠との思い出話を語って聞かせた。翡翠がどれだけ優れた術師であったか。翡翠がどれだけ周囲に愛されていたか。母を知る術(すべ)がない深凪に教えた。

「そのような思い出の品がここに残っていることは、旦那様も知らないのですよ」

碧の記憶の中にいる深凪は、普段あれだけ碧に酷(ひど)い目に遭わされているというのに、静かに目を輝かせて碧の話を聞いていた。その無垢(むく)な瞳を直視することができなくて、碧はいつも深凪に思い出を語り聞かせる時、深凪を視界に入れないようにしていた。

――碧様は、そんな思いで……

痛苦しかなかった光景の中に、ふと、碧との思い出の時間がよみがえる。

だがそんな穏やかな時間はすぐに再びドロリと溢(あふ)れた黒い感情に埋め尽くされた。パラパラと黒く蝕(むしば)まれた記憶のアルバムの中に映っているのは、深凪を視線で追いかけるようになった咲夜の横顔だった。

『今度は深凪が、咲夜様を』

そんなわけがない。理性では分かっている。

でも暴走する感情は止まらない。

目障りな深凪を叩き壊してしまいたい。親友の遺児をこれ以上虐げたくない。

相反する感情に振り回されて、碧の精神は崩壊寸前だった。

「憎い。翡翠が憎い。深凪が憎い」

そんな時、その感情の渦の中に一粒の雫が落ちるかのように、甘い甘い声が聞こえた。

「それの何が悪いんですか？　憎い対象に手を上げることの、何が悪いんですか？」

またパンッと視界が切り替わる。

薄闇に支配された視界の中心にいたのは、白い狩衣を纏い、顔を白い面布で覆った少年だった。

「あなたは正しい。あなたは何も間違っていない。だってあなたこそが、櫻木の女主人であるのだから」

華織の十歳の誕生日を祝う、宴の日のことだった。恐らく場所は、宴席に皆が集まっていて人気が捌けた母屋の廊下だ。

背丈から推察するに、華織や深凪とそう歳が変わらない少年だろう。獅子のたてがみを思わせる金の髪に白い装束と光を思わせる色彩に身を包んでいるのに、目の前の少年はあまりにも自然に母屋を満たす闇と同化していた。

そういえば宵宮からの使者達がこのような格好をしていたはずだ、と碧が心の内で呟く声が聞こえてくる。

「あなたの心を煩わせる櫻木深凪が全て悪い」

甘い甘い、闇の香りがする囁きだった。

碧の罪悪感を打ち払い、碧の心を全て肯定してくれるその声に、碧の心が傾いていくのが深凪には手に取るように分かる。

「翡翠が悪い。その娘である深凪はもっと悪い」

だから碧は悪くない。

「……っ」

まるで催眠術師が掛ける暗示のような言葉だった。

『私は、悪く、ない』

碧の心が、完全に真っ黒に染め上げられる。

同時に、碧の心は高らかに笑い声をあげた。まるで胎児が産声を上げるかのように。

『だって、全部、深凪が悪いんだもの！』

碧の胸がモヤモヤするのも。碧が苛立ちを覚えなければならないのも。咲夜の視線が深凪を追うのも。

全部全部、深凪が深凪だから悪いのだ。深凪が翡翠の娘だからいけないのだ。周りだって碧と同じように深凪を遇するのだから、自分が間違っているはずがない。

深凪が深凪だから悪い。

――そんなはずないっ！

深凪は思わず全力で叫ぶが、その声が音になることはない。

それでも深凪の心は、真っ黒に染め上げられた碧の心に抗うために声なき声を上げ続ける。

――あれは誰？　あの人があんなことを碧様に吹き込んだから、私はあんな扱いを受けなければならなかったの？　あんなことを、どうして……っ！

「やぁ、こんばんは、櫻木の奥様」

黒い感情の渦に呑み込まれないように深凪は必死に叫び続ける。

その視界が、またパンッと弾けて色を取り戻した。

「いい感じに育ったね。予想通りだ」

あの日の光景だ、と深凪は直感的に覚る。

櫻木家が壊滅した、華織の十六歳の誕生日を祝う祝宴の日。つまり直前に見ていた記憶から一気に六年分の時が飛んだことになる。

白い狩衣に白い面布。獅子のような金の髪。光を思わせる色彩を纏っていながら、青年に成長したかつての少年は、いつかの年と同じようにジワリと闇から滲み出るかのように姿を現した。

「お、お前は……！」

「いやぁ、ありがとう！　おかげさまで今の櫻木のお屋敷はいい感じに瘴気の温床だ。あなた自身の腹の底も、ね」

「な、何の話ですっ！　私は何もっ……何も、間違ったことは……っ！」

「こっちが何も言ってないのにそんなことを勝手に喋り始めるってのが、あんたがやましさを抱えているっていうことを自白してなぁい？」

「……っ！」

　肌寒さを感じる気温であるはずなのに、ジワリと碧の背筋に汗が滲んだ。呪術師として現場に立ったことなど一度もない碧だが、碧の呪術師としての勘はこの青年が危険な存在であると見抜いて全力で警鐘を鳴らしている。

「あっは！　笑えるくらい単純で、笑えるくらいに無責任だよね、あんた。そんな人間が本家当主の妻なんて、櫻木もほんっと底が知れてる」

　面布から見え隠れしている口元が、キューッと両端を吊り上げて三日月を描いていた。顔の上半分は完全に隠れているのに、なぜか青年が碧を蔑むように嗤っているのが分かる。

「お、お前が言ったのではないですか！　深凪が全て悪いと！」

碧は反射的に懐に入れていた符を抜いていた。護身用に常に持ち歩いていたものだ。

「私は！　悪くないっ！」

「いやいや、ふっつーにあんたが悪いに決まってんじゃん」

霊力さえ通ればあらかじめ刻まれていた術が自動で発動する。碧が持ち歩いていたのは咲夜が碧のために特別にしたためてくれた雷撃符だ。この距離で発動させれば青年の命はない。仮に何らかの手段で防がれても、騒ぎは宴の席に伝わるはずだ。

碧は最期の瞬間まで、本当にそう信じていた。

「大の大人で地位もある人間が、なぁんの罪もない小さな子を腹いせにいびり抜いてきたんだよ？　人の人生、思いっきりダメにしてんだよ？」

だが符が発動するよりも、衝撃が碧の胸を貫いていく方が早い。

「ふっつーに考えて、あんた極悪人じゃん」

碧が構えていた符を貫いた短刀は、そのまま深々と碧の左胸に突き立てられていた。痛い、というよりも、熱い。衝撃が体の中を無茶苦茶にかき乱すせいで、その場に立っていられない。

「現状から目を逸(そら)してさ。根本的な解決を丸投げして、自分の気持ちに気付かないフリしてさ。結局一番八つ当たりしやすい存在にぜぇんぶ責任転嫁して、はい終わり」

ジワジワと滲む血が、符も、着物も、全てをどす黒く染め上げていく。

綺麗な翡翠色の、碧のために特別に誂えられた美しい着物が、碧から滲む汚い色に染め替えられていく。

「あんたはさ。結局誰かによっかかって、踏みつけていないと立ってさえいられない『デキソコナイ』だったわけ」

倒れ伏した碧の傍らに座り込んだ青年は、碧の胸に突き立てられたままの短刀を指先でチョイ、チョイ、とつつきながら、歌うように言葉を紡いだ。

面布の下から隙間越しに覗いた金色の瞳が、深く深く愉悦の色に染まる。

「今まで俺の思惑通りに踊ってくれてありがとう。後は美味しく、俺がぜぇんぶ喰らってあげる」

『私は、間違って、いた？』

碧の耳にもう青年の声は届いていなかった。胸を貫いた短刀を戯れるように揺らされても痛みも感じない。

『嘘、嘘、嘘！　私は間違ってなんていない！　私は正しい！　悪いのは……』

視界の端に投げ出された腕と翡翠色の着物の袂が見えた。碧から滲み出た血が床に溜まり、徐々にその翡翠もどす黒く色を変えていく。

『悪いのは、翡翠だ』

その言葉がこぼれ落ちた瞬間、止まりかけていた心臓がドクンッと強く脈を打ったような気がした。

『そうだ。翡翠が、翡翠だ、翡翠を、翡翠に、翡翠さえ』

翡翠。

翡翠翡翠翡翠翡翠翡翠翡翠翡翠翡翠。

美しい翡翠を染め上げていた黒がゾワリと蠢く。ブワリと碧から湧き出た漆黒の靄が碧という存在を組み替えていく。視界の端に映った青年がそんな碧を楽しそうに見ていたような気がするが、その姿もすぐに瘴気の渦の中にかき消される。

「う、ぁ……！」

――碧様っ！

己自身がひねりつぶされそうな痛みに苛まれながらも、深凪は声を張り上げていた。今は形を持っていない己の手を、必死に碧の心に向かって伸ばす。

――その感情に支配されては……っ！

「ひぃっ、ずぅういいいいいっ!!」

だが深凪の非力な叫びは、記憶の中の碧の心には届かない。

碧の記憶は、過ぎ去ってしまった過去は、垣間見ているだけである深凪の叫びでは巻き戻らない。

思慕も、憎悪も、嫉妬も、親愛も、後ろめたさも、怒りも、悲しみも。

何もかもが、身の内から溢れ出る瘴気に乗って弾け飛ぶ。

『アアアオオォォォアアアアァッ!!』

全てが絶望に塗り潰される。

そこで深凪の意識は、プツリと途切れた。

◆◆◆

ハッと、今度は深凪自身の目が覚めた。同時に全身が緊張する。

視界は薄暗かった。思わずまだ自分は瘴気の渦の底にいるのではないかと疑うが、浅い呼吸が吸い込む空気はごく普通にヒトが呼吸できるくらいには澄んでいる。ただやはり陰の気配が強いのか、深凪を取り巻く空気は不快な冷気と湿気を帯びていた。

――あれ、は……？

先程まで見ていた光景は、深凪の中に鮮明に刻まれていた。

碧の、記憶。碧の、心。

深凪を虐げてきた元凶が紡いできた、深凪が知らない歴史と思い。

「や！　お目覚めかな？」

だが深凪にそれらを噛み締める暇は与えられなかった。現実世界に戻ってこられたという安堵も、今自分はどこにいるのかという疑問も、考える猶予もないまま飛んできた声に吹き飛ばされる。

思わず肩がビクリと跳ねた。

垣間見た記憶の中で嗤っていた声。深凪が意識を失う前にも聞いた声。

その声が、無邪気さを装った明るさとともに深凪に向けられている。

――そうだ、私、拐われて……

ゆっくりと夢を見る前の記憶が蘇る。体の状態を確かめると、自分が後ろ手で縛られたままどこかの地面に転がされているのだということが分かった。視界が不明瞭ながらも利いているのは、月明かりがある他にも、何か光源となる物が深凪の傍にあるからららしい。銀の燐光のようなものに照らされているおかげで、視界の端に瓦礫の山があることが分かった。

――櫻木の、お屋敷。

深凪は噛み締めた奥歯で胸の内の恐怖を噛み殺し、ゆっくりと顔を上げる。

「いやはや深凪ちゃん、君実は本当に『玉兎』なんじゃない？　面白いくらい呪力吸うじゃん」

若獅子を思わせる金の髪に、鷹を思わせる金の瞳。楓に擬態していた時は洋服を纏っていたはずなのに、今の青年は碧の記憶にあった通り白い狩衣に身を包んでいた。面布は外されており、ニマニマとイタズラ好きな猫が笑うような笑みがその顔を彩っている。

「んー、でもあの宵宮家が『玉兎』を見逃すとも思えないし、櫻木の人間が『玉兎』を見抜けないってのもなぁー。……あぁ、でもあんなに腐りきってた櫻木なら、見抜けるわけもないかぁ。櫻木の皮に隠れていれば、もしかしたら宵宮にも見つけられなかったのかもしれないし」

深凪が予想した通り、深凪と青年がいるのは崩壊した櫻木本家の屋敷跡だった。調査のためにそのままにされているのか、それとも片付けの手配がされていないのか、闇の中に沈んだ屋敷跡は深凪の記憶にあるまま瓦礫の山を築き上げている。

深凪と青年がいるのは、屋敷の中心部にあたる庭跡だった。よく宴席で使われていた部屋のかろうじて残っていた縁側の板間の上に、鳥か猿が止まるかのように青年はちょこんと座っている。

深凪を上から見下ろした青年は、フワリと花びらでも撒くかのように黄金色の燐光を深凪に向かって撒き散らしていた。思わず深凪は身を硬くするが、燐光は深凪に触れるよりも早くパッと消えていく。その代わりを務めるかのように、深凪の傍らから発されている白銀の燐光がわずかに強くなった。

──違う、この燐光、は。

青年を警戒しながらもゆっくりと上半身を起こした深凪は、燐光が己の傍らではなく、自分自身からこぼれ落ちていることに気付いて目を瞠(みは)った。その拍子にふたつに結われた髪が揺れて毛先が視界に入る。

――私から、呪力が漏れて、燐光が舞っている？

艶を失った黒髪は今、内側から光り輝くような新雪の白に色を変えていた。その髪が揺れるたびに、まるで本物の雪が舞っているかのようにホロリ、ホロリと白銀の燐光が闇を払いながら落ちていく。

「何を驚くことがあるの？　『玉兎』だって吸い込んで無効化できる以上の呪力を受ければ、余剰分を器に溜め込むことができるんだよ？　錦野(にしきの)のやつらは教えてくれなかった？」

「余剰……」

「そ。深凪ちゃん、どこまでやれるのか気になってさぁ」

青年はニマリと笑みを深めるとパチンッと軽く指を鳴らした。

その瞬間、周囲の闇が密度を増し、ザッと深凪の背筋を悪寒が撫(な)で上げる。

「注(つ)ぎ込めるだけ、注ぎ込んでみちゃった」

「……っ！」

合図ひとつで姿を現したのは、おびただしい数の怨霊だった。声にならない声で呻(うめ)き声を上げる何とも形容しがたい形の漆黒の影がズラリと深凪と青年の周囲を取り囲む。

「こ、れ。もしかして、全部……！」

「そ。俺のコレクション」

怨霊が発する瘴気にではなく、青年が口にした言葉に対して吐き気が込み上げてきた。

対する青年はご機嫌な様子で親しみを込めた視線を深凪に向けてくる。

「でもまさか半分も君に吸われて無害化されちゃうなんてなぁ～！　深凪ちゃん、ガッチガチのガチじゃん？　マジで生きててくれて助かったってカンジ？　櫻木のクソ女にイビられすぎて死んでたら大損するトコだったわぁ」

「……目的は」

正直に言ってしまうと、深凪には青年が言っていることの半分も意味が理解できていない。

だがそんな深凪にも、ひとつだけハッキリと分かっていることがある。

「あなたの目的は、何ですか」

――碧様を怨霊に堕とした犯人。平町商店街の怨霊を創り出した犯人。

ただでさえ不安定で、それでも正しくありたいと望んでいた碧の心を弄び、碧と深凪とその関係者、数多の人生を狂わせたのであろう人物。

全ての黒幕は、目の前にいるこの男。

その事実だけはハッキリと、深凪にも理解ができている。

「……いーい瞳（め）。腹と度胸が据わった瞳だわ」

キッと青年を睨（にら）み上げた深凪に、青年は満足そうな笑みを浮かべた。彼が猫であったならゴロゴロと喉を鳴らしていそうな表情だ。

「その瞳に免じて教えてあげる」

フワリと、また青年から黄金色の燐光が舞う。ふと深凪は、その燐光があの日、『黒（くろ）の御方（おんかた）』が消える間際に散っていた燐光と同じものだと気付いた。深凪からこぼれる燐光が雪や月光を思わせるものであるならば、青年から絶えずこぼれ落ちる燐光は真夏の陽光のようだ。

「俺はね、今の呪術界をグッチャグチャにしたいんだ」

そんな日差しや暑さ、『陽』を感じさせるものばかりを青年は纏っているというのに。

青年が口にしたのは、闇と混沌（こんとん）に満ちた破壊的な言葉だった。

「知ってる？　深凪ちゃん。宵宮と四季咲（しきざき）を維持するために、日々どれだけの呪術師が喰い物にされてるか。どれだけの人間が泣いてるか」

そんな青年を深凪は真（ま）っ直（す）ぐに見上げた。

青年自身に対しても、青年が口にする言葉に対しても恐怖はある。だが深凪は意地で顔を上げ続けた。

「誰かの犠牲が前提でしか成り立たない世界ならさ、いっそなくなっちゃえばいいと思ったんだよね」

その手始めに櫻木には消えてもらったのだと、青年は無邪気に続けた。最大の毒の温床、呪術界で幅を利かす腐った桜は、さっさと斬り倒してしまいたかったのだと。

「そのために、自分以外の人間の人生を、滅茶苦茶にしても、ですか？」

深凪は震える声でもう一度問いを投げる。

「あなたが、グチャグチャにしたことで、たくさんの人の人生が、滅茶苦茶になってもいいと……あなたは、言うのですか？」

深凪の脳裏を過ぎったのは、先程まで垣間見ていた碧の記憶だった。

思慕と、その裏返しの憎悪。目の前の青年が手を降さなくても、きっと碧は壊れていた。深凪が虐げられる日常が変わることはなかっただろうし、碧が本来持っていたはずである綺麗な記憶は、やがては全て真っ黒に塗り替えられたことだろう。

だけど。

――それでも、怨霊に堕ちることは、なかった。御霊が楽土へ渡る道を断たれることは、なかった。

深凪はあの光景を見て、そう感じた。どれだけ深凪にとって碧が脅威であったとしても、やはり深凪は碧が怨霊に堕ちて当然だとは思えない。

だが青年は深凪の言葉に大げさに眉を跳ね上げた。

「えぇ？　そこ気にする必要性ある？　結局はさぁ、僕達を足蹴にしてきた世界なんだよ？　全部纏めて滅びちまえば良くね？」

「……あなたは」

何と答えるのが、一番正しいのか。

分からないままぶつかればいいと言ってくれた錦野の家の人間と目の前にいる青年は、明らかに生きる世界も考え方も違う。ならば櫻木家に近いのかと問われれば、それもまた違うというのが深凪の直感だった。

――この人は、言葉を間違えれば、簡単に首を飛ばす人。

深凪の直感は、そう囁く。

――でもこの人は多分、私が黙り込んでうつむいていても、私の首を飛ばす人。

「あなたは、足蹴にされてきた人、なのですか？」

そうでなくても、深凪はこんな理不尽を相手にうつむきたくなんてなかった。

こんな理不尽に負けたくなかった。

「そうだよ。そりゃあもう、生まれた頃から搾り取られてきたね」

生殺与奪の権を握られている状態で冷静に問いを向けてくる深凪は、青年のお眼鏡に適ったのだろうか。もしくは退屈しのぎのオモチャとして面白がられているだけなのか。

とにかく青年はご機嫌なまま深凪の問いに答えた。

「親から家から自由から……身から溢れる呪力から、本当に何もかも。俺は物心ついた時からずっと、ずっと、ずぅ〜っと、宵宮の人間に搾り取られてきた」

青年はそのままの顔で、キュッと目だけを細めて嗤う。

「俺が『金烏』ってだけでね」

「っ⁉」

『金烏』

それは百年に一度生まれるかという、とても稀な存在の名であったはずだ。深凪の記憶が正しければその名は、流れ込む力に対してどこまでも器を大きくして対応できるという存在に対して冠される名であったはずだ。

青年は堂々と、己はその『金烏』であると告げた。

生まれたことが知られた瞬間、宵宮家に召し抱えられる存在。

それは同時に、宵宮に存在を知られた瞬間から一生、宵宮に囲われて生きることを意味している。

「俺達ってさぁ、ある意味よく似てると思うんだよねぇ」

宵宮に囲われていたという彼が今、なぜこんなことをしているのか。なぜ碧を怨霊に堕とすために年月をかけて仕込みを成し、櫻木家を壊滅させるための駒としたのか。なぜ罪もない人を怨霊に仕立て上げ、ごく普通に生活しているはずである人を怨霊の犠牲者になるように仕向けたのか。

何もかもが分からない。だが青年はそのことについて一切口にすることなく、深凪に向かって手を差し伸べた。

「俺は宵宮に、君は櫻木に虐げられてきた。俺は『金烏』で、君は『玉兎』。俺達が抱えてきた痛みは、俺達以外には分からない。逆に俺達は、その痛みを共有できる」

──私の、痛み。

気付いた時には、深凪の居場所は世界のどこにもなかった。世界の全てが深凪に背中を向けていた。

世界中の何もかもが深凪の対岸にいるならば、深凪が感じる痛みは世界中の誰にも理解できない。

だが青年には、その痛みが分かるという。

青年は深凪と同じ岸にいると言う。

「君となら創れると思うんだよね。俺達がきちんと『俺達』でいられる世界が」

ともに創ろう、と、青年は優しく笑った。

「君が憎む何もかもを、俺が壊してあげる」

──私が、憎む、何も、かも。

その手に、深凪はパシリ、パシリとゆっくり目を瞬(しばたた)かせた。

──光なんて見えない場所で、誰にも顧みられることなく、周囲を満たす闇に沈んでいくかのように、ただただ静かに朽ちていきたかった。

それが、かつての深凪が抱いた唯一の願い。深凪に願うことが許された、唯一の事柄。

自分を傷付けることしかしない世界に何も感じなくていいように心を遠くに追いやって、ただただ絶望だけを抱えてうつむき続けてきた。そんな世界が憎くないのかと問われれば、深凪は首を動かせないまま途方に暮れるしかない。

──分からない。

世界はこんなにも言葉にできない感情と選択肢に溢れていたのかと、深凪は今更になって知る。

──それでも。

深凪は差し伸べられた手から青年の金眼(きんがん)へ視線を這(は)わせながら、もう一度パシリ、パシリと目を瞬かせた。

分からなくて、言葉にもできない中から、深凪が確かに言えることを摑(つか)み取(と)って、それを口に出すならば。

「私に、世界の大きなことは、何も分かりません」

深凪は真っ直ぐに青年を見上げた。差し伸べられた手ではなく青年の金の瞳を真っ直ぐに見上げて、震えを押し殺して声を張る。

「でも、あなたの言葉に、私は共感できません」

たとえぶつかる瞳に冷たさが過ぎっても、もう顔を背けない。

「私は。あなたの手は、取りたくない」

深凪の中に強さを見たと、祀鶴は言った。

その言葉を、祀鶴がいない時でも、深凪は嘘にしたくない。

「私の痛みは私のものです！　あなたに勝手に測られたくないっ！」

「よく言った」

あらん限りの力を込めて、深凪は己の思いを初めて相手に叩き付ける。

その瞬間、深凪の視界は鮮やかな紅に染め替えられた。ゴウッと走る業火が、深凪の背筋を震えさせていた寒気を全て焼き払うように駆けていく。痛いほどの熱は無理やり体に注がれた瘴気の冷たさを払い、再び駆け出していけるだけの熱を注いでくれた。

「それでこそ、俺が鎌を抜く相手に相応しい」

狩人の足は、一切音を立てない。

気付いた時には、獲物はすでに狩人の刃に掛かっている。

「なっ！」

突然深凪と金烏の青年の間に割り込むようにして姿を現した祀鶴は、一切容赦することなく青年の首に向かって夕日を溶かし込んだ大鎌を叩き込む。青年がかろうじて体を後ろに倒して避けた瞬間、わずかに首の皮一枚を捉えた大鎌は軌跡に朱色の線を走らせた。

　初撃で首が飛ばなかったことを察した祀鶴は、己を軸に遠心力を利用して次々と斬撃を青年に叩き込んでいく。青年は軽業師のように瓦礫の上を軽やかに後退していくが、避け切れずに衣服の端が裂けていくのが深凪の目でも分かった。そうでありながら、祀鶴の身のこなしは舞でも舞っているかのように優雅だ。

「錦野祀鶴……！」

　苦く呟いた青年は、大きく後ろへ下がると枝が折れた松の上に着地した。

「当主襲名があとひと月でも遅けりゃ、史上最年少で宵宮の御番衆に引き抜かれてたっつー噂、ガセじゃなかったみたいだな……！」

「ガセじゃねぇよ。よく知ってんな」

　一気に場を照らし出した業火の中心に立った祀鶴は、深凪を背中に庇うと青年に向かって大鎌を構えた。炎が生む風に祀鶴の紅の髪が躍る中、緋色の瞳がひたと青年を見据える。

「そういう話を知ってて、かつその外見。あんた、宵宮に飼われてた『金烏』か」

「御名答」

「で？　飼い主の元から逃げ出した烏が、こんなトコで何してやがる。まさか飼い主のお迎え待ちか？」

　分かりやすく青年を挑発しながら、祀鶴は後ろ手でチョイチョイッと右の指を動かした。

何をしているのだろう、と思った瞬間、深凪の手首をヒリッと熱が焼く。一瞬悲鳴を飲み込むと次の瞬間には両手が自由になっていた。どうやら祀鶴が炎術を駆使して深凪の拘束を焼き切ってくれたらしい。

「まさか。彼女とちょっと世界を終わらせる密談をしてた所だよ」

祀鶴の挑発に答える青年にはまだ余裕があった。何かを隠している人間の声だと深凪は思う。

「深凪は受けなかっただろ。うちの深凪は鳥頭なあんたと違って賢いからな」

「確かにフラレたさ。でも」

その予感は当たった。

バッと青年が腕を振り上げる。その手にはいつの間にか大量の符が握り込まれていた。その符に青年の霊力が通され、チリチリと符が黒い雷光を纏い始める。

――あれは、召喚符!?

「帰る家がまたなくなれば、結局俺の所に来るしかないよねっ!?」

「祀鶴！」

深凪は思わず地面から跳ね起きていた。そんな深凪を祀鶴は片手で制する。祀鶴と深凪を守るように周囲を取り巻く炎が一際勢いを増した。

「わざわざ追いつかれやすいって分かっていながらここに陣取ったのには訳があったんだ

よ！　ここは長年溜まりに溜まった毒気と怨霊の暴発、さらに死が重なりあっていい感じに怨霊が」

「待機要員各所へ伝令」

数えきれない枚数の召喚符に力を流し込みながら意気揚々と語られる口上に、祀鶴は一切耳を貸さなかった。

右耳に入れたインカムに指を添えた祀鶴は、錦野の当主としての威厳に満ちた声で命じる。

「やっちまえ！」

祀鶴が腹の底から叫んだ瞬間、屋敷を満たした空気が揺れた。

同時に、青年が展開していた召喚符が片っ端から発火してグズグズと形を崩していく。中にはすでに怨霊の本体が顕現していた札もあったが、怨霊もろともどこからともなく現れた炎に巻かれてしまった。炎が消えた後には怨霊が浄化された証である燐光がスッと天へ昇っていく光景があるばかりだ。

「なっ……！」

「まさか俺が一人で突っ込んできたとでも思ったのかよ？」

視界の端、まだまだ距離は遠いが瓦礫の山の向こうから閃光が走る様が見えた。誰かが敷地内で祀鶴と同じように鎌を振るい、蔓延る闇を駆逐しているのだ。

「『家族』に手ぇ出されたんだ。そりゃあ全力でお礼に来ないとなぁ?」

場の空気が徐々に軽くなってきている。怨霊に限らず、この地に留まっていた陰の気がとにかく片っ端から浄化されているのだ。

他でもなくかつて自分達が日陰に追いやった錦野の手勢によって、櫻木本家に蔓延っていた影が綺麗に祓い清められていく。

「宵宮家直属戦闘部隊『御番衆』を務める人間から普段は温厚なツラしてるやつまで、鎌が振るえる人間は全員連れてきた。機械技術を持ってるやつらも全力で持てる力を集結させている。直に宵宮の人間がお前の回収に駆けつけるはずだ」

青年は自分が祀鶴に対して優位に立っていると絶対の自信があったのだろう。怨霊の召喚を封じられ、この場に呼び出してあった怨霊も片っ端から削られている青年はギリッと悔しげに唇を噛みしめる。

そんな青年に向かって祀鶴が大鎌の切っ先を向けた。

「投降しな。今なら深凪に手を出したこと、拳一発で許してやる」

だがギリッと血がにじむほど唇を噛み締めた青年は、再びニヤリと不敵な笑みに顔を歪める。

「ふざっけんなよ。まだ俺にはとっておきの切り札があるんだっつの」

青年がそう吐き捨てた瞬間、またゾクリと背筋に悪寒が走った。

──いえ、違う。またなんてものじゃない。この圧は……！

「大口はコイツを倒せてから叩くんだな！　錦野祀鶴！」

空が裂けた。

思わずそう思ったくらい、深凪の目の前に現れた怨霊は圧倒的な闇と瘴気を纏ってい
た。

祀鶴の炎術を蹴散らし、軽くなってきていた空気の圧を変え、その闇は深凪の前に顕現した。地面から上半身だけが生えたかのような、ゾロリと長い髪を振り乱す、針金細工のような女の怨霊だ。

子供がサインペンでラクガキしたような顔の中、ゾロリと鋭い牙を備えた口がガパリと開き、血の気も凍るような絶叫が今宵の空に放たれる。

『ヒィィィスゥゥゥイイイイイッ！』

そんな姿に堕ちながらも、怨霊は深凪の母の名を叫んでいた。執着するものならば、櫻木の女主人の地位でも、愛娘でも、夫でも、他にいくらでもあっただろうに、彼女はもう随分前に亡くした親友の名前を叫び続ける。

大好きで、同じだけ憎くて、ずっと勝ちたくて、でも勝てやしないのだと、心のどこかで知っていた、憧憬の念を抱いていた相手の名前を。

『ヒィズゥゥゥゥイイイイイイッ‼』

「っ、祀鶴！」

碧の過去を知り、碧の想いを知った今、『黒の御方』の叫びは初めて遭遇した時以上に深凪の心をえぐる。えぐる力が強くなったせいなのか、不思議と強い恐怖は感じない。

「祀鶴、これが『黒の御方』です！　間違いありませんっ！」

「っ！　予想はしてたが、思っていた以上に凶悪だな！」

真っ直ぐに『黒の御方』を見上げた深凪の視線を追うように祀鶴も『黒の御方』を見上げる。

その瞬間、鞭のように飛んできた触手を祀鶴は機敏に切り飛ばした。切り分けられた触手は炎に焼かれて消えていくが、切り飛ばした手元は『黒の御方』が手を一振りしただけであっという間に再生する。その様を見た祀鶴が低く舌打ちした。

「大分ヒトを喰ってる。内包してる瘴気が濃い上に、解こうにも声が届くかどうか」

「祀鶴、その解きって、錦野の力を持つ人間にしかできないものなのですか？」

深凪は鎌を振るう祀鶴の邪魔にならないように一歩後ろに下がりながらも『黒の御方』から視線を逸らさないまま祀鶴に問いかけた。絶え間なく降り注ぐ触手の鞭を大鎌で捌きながらも祀鶴は深凪の問いに答えをくれる。

「浄化そのもの……『炎葬』は錦野の専売特許だが！　解き自体は！　声が届きゃ誰にでもできる！　ぞっ！」

「では、私にやらせてください」

深凪が決意を口にした瞬間、一瞬だけ祀鶴の視線が深凪に流れた。

「私、知る機会を得ました。今の私は、碧様に届けたい言葉が、あります」

その視線に含まれている感情が『心配』であることを覚った深凪は、祀鶴に視線を据えると口元を緩めてみせた。

まだ『笑う』という表情がどんなものかは分からないけれど、なるべくそれに近い表情になっていたらいいなと願いながら。

「私の言葉の拳、碧様に届けてきます」

「……分かった」

そんな深凪に、一瞬祀鶴の瞳が丸くなる。

だが驚きが緋色の瞳を染めたのはほんの一瞬で、次の瞬間、祀鶴の顔には鮮烈な笑みが躍っていた。

「援護する！　全力でやってこい！」

「はい！」

深凪は『黒の御方』を見据えると『黒の御方』から流れる力に意識を凝らす。普段は空っぽな霊力の器に力が溜まっているせいか、今の深凪には『黒の御方』が大地から陰の気を吸い上げている力の流れが手に取るように分かる。

――中に入り込むには、この力の流れに乗るしかない。

そう考えた瞬間、深凪の意識はスルリとその流れに同化していた。そんな深凪を喰らおうと黒い影が襲いかかるが、影は深凪を守るように周囲を舞う緋色の燐光に触れた瞬間、紫電に触れたかのように弾かれていく。

――碧様。

どれだけ負の念に巻かれていようとも、核である碧の思念は必ずどこかに残っている。残っていなければ怨霊があれだけ狂おしく翡翠の名を叫ぶはずがない。

――碧様。

呼びかけながら、意識を凝らす。

その瞬間、深凪の耳は微かなすすり泣きを聞いた。

『キライ』

同時に、微かな声も聞こえてくる。

『翡翠なんて、キライ』

それは、少女の声だった。

振り返る。その先には闇の中にペタンと座り込んだ少女姿の碧がいた。その姿が時折ノイズのように霞み、大人になったり子供になったり、様々な時代の碧の姿を描き出す。

『キライ、キライ、キライ』

それはずっと、碧が押し殺してきた心だった。押し殺し続けてついぞ当人にぶつけることができず、代わりに深凪に向かってぶつけられることになった感情だ。

『キライ、キライよ、翡翠。大嫌い』

「私もあなたのことが嫌いです、碧様」

その少女に向かって、深凪は初めてその感情を口にした。

「私を理不尽に罵り、蔑み、叩くあなたが、私は嫌いでした」

深凪の声が、少女には届いているのだろう。うつむき、両手で顔を覆った少女は、深凪の言葉にビクリと肩を震わせる。

「本当は私、いつだって自分のために泣いてあげたかった。降りかかる理不尽に、いつだって怒ってあげたかった。その手段を私から奪い去ったのは、間違いなくあなたと櫻木の家でした」

深凪はゆっくりと少女との距離を詰めた。わざと足音を立てているから、少女には深凪がどれくらいの距離まで近付いてきているか、顔を上げなくても分かるはずだ。

「私は、あなたも、櫻木の家も、嫌いです。でも」

距離を詰めて、隣と呼ぶには心持ち距離がある位置で、深凪はそっと膝をついた。そんな深凪の一挙手一投足に少女が耳をそばだてているのが分かる。

「全てがあなたの責任ではないことも、同時に私は知っています」

深凪の言葉に少女の肩がまたピクリと震える。

手が添えられたままの少女の顔がゆっくりと上がり、指の隙間越しに少女と深凪の視線が合う。

「あなただけではどうしようもできない感情があったことも。あなたも部分的には被害者であったことも。ままならない感情に揉まれた結果だということも、私は知っています」

深凪の言葉を聞いた少女は、一本一本、ゆっくりと顔から指を外していく。

その下から現れたのは『黒の御方』の顔だった。子供のラクガキのようにしか見えないグリグリの真っ黒な目が、深凪の様子を窺っているのが分かる。

不意にその顔が暁荘で見た子供達の顔と重なって見えた。

「あなたは、その感情を素直に母に……翡翠にぶつけるべきだったのです。本当に親友であったならば、真正面からぶつかるべきだったのです」

だから深凪は、柔らかく微笑んでみせた。

迷子の子供を、親の手元に戻してやる心地で。あるいは大切な誰かが待っていてくれる家へ、連れ戻してあげる気持ちで。

「私は、あなたが嫌いです。あなたの事情を知った上で、私は、あなたにされた仕打ちを許しません。きっとこの先、ずっと許せないでしょう。……だからこそ」

深凪はゆっくりと、噛み締めるように、己の心を丁寧に口にした。

「だからこそあなたには、楽土へ渡っていただきたいのです」

そんな深凪を、少女はどこまで理解できたのだろうか。

不意にラクガキのような目から、一筋雫が伝い落ちた。

「楽土に先に渡った翡翠へ、あなたの心を告げる旅に、出てほしいのです」

その涙に洗い流されるかのように、碧の顔が変化していく。涙に溶け込むようにラクガキのような顔が消え、深凪も知っている碧の顔が現れる。

「私が望む『贖罪』、受け入れていただけますか？」

「深凪っ！」

碧の虚を衝かれたような表情を見た、次の瞬間だった。

『————————っ‼』

「っ！」

力を込めて名前を呼ばれたと自覚した瞬間、深凪の意識は体に引き戻されていた。

いきなり切り替わった視界にクラリと意識が揺れる。そんな深凪の体を力強い腕が支えてくれた。ハッと目を見開けば、力強く光を弾く緋色の瞳が深凪を見つめている。

「し、祀鶴？」

「良かった、無事だな」

深凪の声に笑みで応えた祀鶴の後ろで、ザァッと黒い影が崩れ始めていた。思わず祀鶴の肩にすがるように身を乗り出せば『黒の御方』の体が崩れ落ちていくところだった。

「……っ！」

「安心しろ。お前の解きが上手くいった証拠だ」

「えっ？」

深凪は思わず祀鶴の肩にすがったまま祀鶴を見上げる。

その瞬間、黒い影がパッと一気に光に変わった。見慣れない翡翠色の燐光が眩しくて一瞬目をすがめれば、翡翠の乱舞の向こうに立つ人物の姿が目に入る。

「碧、様……」

翡翠色の着物に白銀の帯をキリリと締めた佳人。

いつでも深凪には厳しい顔しか見せてこなかったその人が、今はいつになく穏やかな表情を浮かべている。

「っ……」

その姿にドッと心臓が暴れるのが分かった。こんな事件を経てさえも長年植え付けられた恐怖は消えないのだと、現実を突きつけられたような気がした。

──それでも。

深凪はそっと祀鶴の腕から抜け出ると、己の足で地面を踏みしめて立った。はるか先で深凪を見つめたまま歩を進めてこようとしない碧も、そんな深凪を真っ直ぐに見つめている。

この人に傷付けられていたと知って、この人を許さないと決めた。

深凪と母を繋いでくれた恩人であり、深凪の人生を理不尽に踏みにじった人。

それでも深凪は、この人がこんな風に死を迎えれば良かったとは思えない。

「……祀鶴」

深凪は遠くに立つ碧を見据えたまま祀鶴を呼んだ。

その声に答えるかのように、祀鶴の大鎌の柄が炎に焼き清められた大地を叩く。

「『我は鍵の管理人　我は川の渡し守　我は此岸の裁定者』」

祀鶴が紡ぐ呪歌に導かれて、金と緋色の燐光が舞う。緋色の輝きの中に立つ碧は、まるで彼岸花が咲き誇る境界の岸辺に立っているかのように見えた。

「『傾く天秤を傾け返し　我は汝の道を寿ぐ』」

不意に、深凪の視線の先で碧の唇がゆるりと動いた。

生者に死者の声は聞こえない。距離だって空いている。いくら燐光で視界が明るくても周囲は夜の帳に包まれて久しい。

それでも深凪には、碧の唇が何と動いたのか分かったような気がした。

「『華の炎を奏上し奉らん』」

碧の姿が緋色の燐光に溶けるようにして消える。屋敷中に広がった燐光は、この地に漂っていた他の御霊まで一緒に連れていってくれたようだった。生命が弾けたかのような燐光は、彷徨える御霊を乗せて軽やかに空に還っていく。

「……終わった」

その余韻を最後まで見送った後も空を見上げたまま、深凪はポツリと呟いた。

「終わったの、ですね」

「ああ」

深凪の声に祀鶴が短く答えた。祀鶴に視線を投げれば、祀鶴も祀鶴で燐光が消えていった空を見上げている。

「終わったな」

労いの響きがこもった柔らかな声に、ふと自分の中の何かが緩んだような気がした。

同時に、最後に碧が口にした言葉が、脳裏に蘇る。

『さようなら』

碧が最後に口にしたのは、別離の言葉だった。

挨拶を交わしたことがない自分達が、最初で最後に交わした挨拶だった。

「っ……ぅ……！　うぇっ……！」

目元から溢れた熱は、あっという間に決壊した。

意味も分からないまま深凪は、闇に沈んだ空に向かって、生まれて初めて声を上げて泣いた。まるでこの世界に、生まれ直したかのように。

「うわぁぁぁぁっ……うわぁぁあああっ！」

そんな深凪に、祀鶴は何も言わなかった。胸を貸すこともなければ、ハンカチを差し出すこともない。

ただずっと傍で、深凪が泣き止むまでの間、一緒に空を眺め続けてくれた。

そんな優しさが、深凪には何よりも嬉しかった。

【終】


「結局、あの烏野郎の足取りは摑めてないんだとよ」

不意に祀鶴がそんなことを口にした。

冬の足音が大きく聞こえ始めた、土曜の昼のことだった。こぢんまりとした祀鶴の家の居間には先週から炬燵が登場している。櫻木のお屋敷にはなかった炬燵に最初深凪はおっかなびっくり足を入れていたのだが、今ではすっかり炬燵の虜だ。

「そもそも当代の宵宮に『金烏』がいたなんて話は俺も知らなかった。御番衆として宵宮と裏の繋がりがある錦野が知らなかったんだ。恐らく他の四季咲も把握してなかっただろ。追々、他の家も揃えて事情説明会があるはずだ」

深凪は炬燵の天板に預けていた顔を上げると、姿勢を正して祀鶴を見上げた。対する祀鶴は自分の手元に視線を落としていて深凪を見ていない。先程から爽やかな香りがするなと思っていたのだが、祀鶴の手の中では蜜柑の皮が剝かれている真っ最中だった。

『黒の御方』が祓われた、あの時。

深凪の涙が止まった時、すでにあの青年は跡形もなく姿を消していた。祀鶴や現場に駆けつけてくれた錦野の人達の話によると、青年は『黒の御方』を召喚したどさくさに紛れて現場から撤退していたらしい。『黒の御方』と祀鶴達の決着を青年は見届けるつもりがなかったようだ。あるいは、何らかの術式で状況は逐一把握できていたのかもしれない。

宵宮家に飼い殺しにされていた『金烏』。

祀鶴は深凪が見聞きした話を包み隠さず宵宮家に奏上したという。さすがにそこまで知られてしまっては言い逃れもできないと諦めたのか、宵宮家はすんなりと四季咲に秘密裏に『金烏』を召し抱えていたことを認めたらしい。今後は他の四季咲とも連携して『金烏』の青年を追うことになるだろう、というのが祀鶴の推測だった。

「……お前が『玉兎(ぎょくと)』かもしれんという話は、俺の持てる全てを以(も)って握り潰すから安心しろ」

器用に皮を剝いていく祀鶴の手元をぼんやりと眺める。

そんな深凪に、祀鶴がポツリと呟いた。その声に深凪はもう一度祀鶴の顔を見上げる。

「お前が宵宮家に飼い殺しにされるような事態には、絶対にさせない。お前の家は、ここだ」

低くて小さな声だった。だがその声にはいつになく力がこもっている。

──気付いて、くれていたのですね。

深凪が本当に『玉兎』であったならば、深凪は無条件で宵宮家に召し抱えられることになる。『召し抱えられる』という綺麗な言い方をしているが、実態は監禁に近いのだろう。稀少な特性を宵宮家のために使うように訓練を施され、一生を宵宮家によって縛られる。青年はその軛から逃れるために呪術界をグチャグチャにしたいと言っていた。

「……はい」

そんな世界には行きたくないなと、深凪はあの一件の後から思ってきた。

ようやく深凪は、自分から『帰りたい』と切望できる家を手に入れたのだから。

「祀鶴ならそう言ってくれると、信じていました」

同時に、祀鶴や楓ならば絶対にそんなことにはさせないと、最初から深凪は思っていた。無条件でそう信じられたことが、『家』ができたことと同じくらい、深凪には嬉しかった。

ホコリと温まった胸に、深凪は思わず口元を緩める。そんな深凪の様子に気付いたのか、それとも深凪の言葉に何かを感じたのか、蜜柑の皮を剥いていた祀鶴の指がピタリと一瞬動きを止める。

「？　……祀鶴？」

「……食うか？」

どうしたのだろう？　と首を傾げると、祀鶴は剥き終わったばかりの蜜柑を深凪に差し出した。白い筋まで綺麗に取られた蜜柑を見た深凪は、思わず返事をするよりも先に手を差し出す。そんな深凪の手の中に、祀鶴はそっと蜜柑を置いた。

「……そういえば」

『前に楓さんが開けてくれたミカン缶の蜜柑みたいです』と手の中の蜜柑を眺めた瞬間、深凪はふとあることを思い出して口を開いた。

「櫻木のお屋敷の跡からは、結局『華泉（かせん）』も『華炎（かえん）』も出てこなかったのですよね？」

「ああ。あの屋敷を片付ける時には、俺も宵宮も他の四季咲も立ち会ったが、あの屋敷の土地から何かが出てくることはなかったな」

新たな蜜柑を手元の籠から取り上げながら祀鶴は答えた。その一瞬だけ祀鶴の顔に厳しい表情が浮かぶ。

「他の場所に保管されていたのか、あるいはあの烏野郎が持ち出したのか。現状判断することはできないが、誰もが血眼になって捜し始めることだろうな」

華呪（かじゅ）について記されている各家の奥義書は、書物でありながらただの書物ではないらしい。奥義書自体が強力な呪力を帯びた呪具になっているそうで、保管場所が木っ端微塵（こっぱみじん）にされたごときでは汚れひとつつけることはできない代物なのだそうだ。

櫻木の屋敷跡からは、櫻木の『華泉』も、錦野の『華炎』も出てこなかった。最初からあの屋敷にはなかったのか、誰かが持ち出したのかは、櫻木の中枢が壊滅してしまった今となっては分からない。

「えっと……つまり私『黒の御方』討伐の対価を、お支払いできない状況なのですが」

今更気付いた事実を口にすると、祀鶴がキョトンとした顔で深凪を見つめ返した。よどみなく動いていた指先までピタリと動きを止めたところから察するに、今の祀鶴は完全に虚を衝かれた状態であるらしい。

「どうしましょう？『依頼と対価は等価でなければならない』というのは、呪術師が取引をする時の基本ですよね？」

深凪は己の身代を前金に、奥義書『華泉』の所有権も含めた櫻木の利権全てを依頼完遂時の報酬として『黒の御方』討伐を依頼した。そして祀鶴は見事に『黒の御方』を討伐し依頼を完遂させたわけだが、深凪はそれに対する報酬を差し出せていない。

櫻木の利権と言っても、壊滅に追いやられた櫻木派は機能を停止している。屋敷の土地は四季咲と宵宮で協議した結果、五家に対して中立の立場にある千華学園が所有することになった。

つまり現状、祀鶴を始めとした錦野派は、この一件で利益らしい利益を得ていない。等価交換を旨とする呪術師として、この状況は大変よろしくないのではないかと深凪は思う。

「……あー」

深凪よりも優れた術師であり、呪術師としての仕事を請け負って生活している祀鶴は、深凪よりもよほどその重みを理解しているはずだ。

だというのに祀鶴は、まるで『言われてみれば』とでも言い出しそうな表情で固まっている。

「……まぁ、見つかった時でいい。それまではツケにしといてやる」

ソワソワと深凪は落ち着かなさに身をよじる。そんな深凪に対して実に適当な返事をした祀鶴は、蜜柑の皮を黙々と剝く作業に戻っていった。

——え？　それだけ？

予想外にあっさりと片付けられてしまった深凪は慌てて祀鶴の方へ身を乗り出す。

「お前はもう『家族』なんだし。一緒に事件を追ってれば、いずれ見つけられるだろ」

「っ！」

だが祀鶴が何気なく続けた言葉に、深凪が口にしようとしていた言葉は消えてしまった。

——私、ずっと、ここにいていいんだ。

祀鶴の何気ない言葉は、深凪がずっとここで一緒に暮らしていくことが前程になっていた。錦野の家族として日々を過ごし、一緒に現場に出て依頼をこなして。そんな日々を深凪も送っていくのだということを、祀鶴がごく自然なことだと考えているのが分かる言葉だった。

じんと、胸が熱い。

その熱が『幸せ』というものなのだと、深凪はすでに知っている。

――私の、家族。

「はぁーっ！　さっむぅーい！　寒すぎやしないかい、今日！」

その言葉を噛み締めた瞬間、玄関の引き戸が開く音が響き、次いで楓の元気な声が飛び込んできた。所用で出掛けていた楓が帰ってきたらしい。

深凪が顔をあおのけると、勢いよく襖が開いた。モコモコとコートのフードまで被った楓は肩をすくめながらも祀鶴と深凪に向かって元気に声をかける。

「ただいまぁ！」

「おう、お帰り」

「おかえりなさい、楓さん」

祀鶴と深凪が言葉を返せば楓は嬉しそうに笑った。だが一瞬で寒さを思い出したのか、シワッと顔中にシワを寄せた楓はいそいそと炬燵に突入してくる。

「あー！　あったかーい！　やっぱ冬はおこたに限るねぇー！」

さらに楓は片手に携えていたビニール袋を天板の上に置くといそいそと中身を並べ始める。深凪が楓の手元を覗き込むと、楓が並べているのは高級カップアイスだった。

味違いのみっつのアイスを並べ終わった楓は目を輝かせて深凪を見遣る。

「深凪、何味がいい？　最初に選んでいいよ」

「え？　楓さん、寒がっていたのに、アイス？」

「おこたに入って食べる冬のアイスは格別なのさね！　おこたを出したら絶対に深凪にも試してもらおうと思って楽しみにしてたんだよ！」

「まさかお前、炬燵アイスやるためだけに出てたのか？　モノ好きだなぁ」

「好きな物は共有したいじゃないかさ！」

呆れた物言いをしながらも祀鶴の手は楓が並べたカップアイスに伸びている。その手をペシリと楓がはたき落とした。

「深凪が最初！」

「どうせこいつはストロベリーだろ。で、お前が抹茶。ならこのチョコは俺のだろ」

「分かってても選ぶ自由は奪っちゃダメさね！」

――なぜ、私がストロベリーを選ぶと？

なぜ手を出す前から、深凪がストロベリーを取ろうとしていたことが分かったのだろうか。

深凪は首を傾げながらも、ギャオギャオと小競り合いを始めた二人を興味深く眺める。きっと世の中ではこういう光景のことを『まるで本物の姉弟のような』と言うのだろう。

深凪はそっと手を伸ばすとストロベリーのカップを取った。言い合いをしながらも結局チョコのカップは祀鶴に渡り、楓は抹茶のカップを取る。

「いただきます」

おやつの時でも、声は自然に揃った。初めて口にした高級アイスはキラキラしていて、目で見ても、口に含んでも楽しい。

——冷たい。

冷たさはずっと、深凪を傷付けるものでしかなかった。

こんなに心が温まる冷たさがあるのだと、深凪は初めて知る。

——冷たい、けれど、温かい。

深凪はそっと視線を上げて二人を見上げる。同じ炬燵に足を入れて、同じようにアイスを食べている二人は、よく雰囲気が似た顔で微笑みかけてくれた。

その笑みに答えるように、深凪もフワリと口元を緩める。

「美味しい、です」

——あぁ、

「幸せ、ですね」

「だな」

「だねぇ」

二人の短い肯定の言葉に、深凪はさらに笑みを深める。

多分二人は、深凪が単純にアイスに対してその言葉を口にしたわけではないと気付いているのだろう。二人の柔らかな笑みがそう言っている。言外の意味まで、二人は深凪を肯定してくれている。

深凪はもうひと匙(さじ)アイスを掬(すく)うと、そっと口に含んだ。

ホロリと口の中で溶けていったアイスは、まるで今の深凪のように、フワリと幸せな甘みを帯びていた。

【了】

あとがき

本書を手に取ってくださり、ありがとうございます。硯朱華です。再び書籍のあとがきでご挨拶できる機会を得たこと、とても嬉しく思います。

「え、こいつ前作何かあるのか」と思われた方は、ぜひ硯のデビュー作である『宮廷書庫長の御意見帳』もよろしくお願いいたします。直近ではカドカワBOOKS様より安崎依代の名義で『真紅公爵の怠惰な暗躍～妖精や魔術師対策よりもスイーツが大事～』という作品も上梓させていただきました。よろしかったらぜひ。

さて。

本作『華炎の葬奏』は、名家当主の養子でありながら虐げられてきたヒロインが、一族壊滅を機に周囲から畏怖されている一族の当主に買い取られ、心身ともに成長していく、呪術あり、バトルあり、微かなラブもありな現代和風シンデレラ物……のつもりで執筆しました。「のつもり」とつくのは、初稿を担当様に提出した時にいただいた感想が「プロットを読んで○○（※某有名少女漫画）が出てくると思っていたのに、実際に提出された原稿が▲▲（※某有名少年漫画）だったので、正直どうコメントしたらいいのか困っています……」だったからです。最終的にどんな作品に仕上がったかは、ぜひとも読者様の目でお確かめください。呪術あり、バトルありの現代和風シンデレラ、です！（と、あくまで硯は言い張ります）

それでは、最後に謝辞を。

『書庫長』に引き続きお世話になった担当様。思わず目を奪われる表紙を描いてくださったあいるむ様。本作が店頭に並ぶまでに関わってくださった皆様。ありがとうございました。

盟友コウハとコウハの妹君。「硯作品なのにヒロインが物理的に戦えないだと!?」と驚いていましたが、どうでしたか？　こういうヒロインもアリだなと思ってもらえたら嬉しいです。

相変わらず趣味にばかり打ち込んでいる嫁を自由に放牧してくれている旦那殿。商業、ｗｅｂを問わず、硯・安崎作品を応援してくださる皆様。日頃より硯と交流してくださる皆様。いつも本当にありがとうございます。

そして今、こうして本作を手にしてくださった読者の皆様へ深い感謝を。本作がひと時でも読者様の楽しみとなれたのならば幸いです。

願わくば、また次の紙片でお会いできますように。ありがとうございました！

硯朱華・拝

お便りはこちらまで

〒一〇二―八一七七
富士見L文庫編集部　気付
硯 朱華（様）宛
あいるむ（様）宛

富士見L文庫

かえん　そうそう
華炎の葬奏

すずり　はねず
硯 朱華

2023年5月15日　初版発行

発行者　山下直久
発　行　株式会社 KADOKAWA
〒102-8177　東京都千代田区富士見2-13-3
電話　0570-002-301（ナビダイヤル）

印刷所　株式会社暁印刷
製本所　本間製本株式会社
装丁者　西村弘美

定価はカバーに表示してあります。　◇◇◇

●お問い合わせ
https://www.kadokawa.co.jp/（「お問い合わせ」へお進みください）
※内容によっては、お答えできない場合があります。
※サポートは日本国内のみとさせていただきます。
※ Japanese text only

ISBN 978-4-04-074910-5 C0193